U0104250

莫月娥先生詩集

莫月娥先生詩集序

詠絮才高，千載推為佳話；登壇幟拔，一編佇待廣傳。臺地詩教鼎盛，固能上溯明末沈斯庵之啓迪，而閨秀篇什之傳實鮮，蓋以無才是德風氣使然也。清末始有一二不櫛進士以詩聞，如潛園林占梅側室杜淑雅、蔡啓運茂才妻林次湘、蔡國琳孝廉女蔡碧吟等，惟所傳無多，僅賴一鱗半爪，膾炙士林耳。

日治之初，風雅漸興，女史之能詩者，亦頗有所聞，王香禪之崛起花叢，李如月之蜚聲淡北，黃金川之推重瀛南，張李德和之獨步羅山，蔡旨禪之名著西瀛，並其佼佼者也。其間且有設塾廣授女子生徒韻語者，稻江則先有老儒趙一山主持劍樓書塾，教以《香草箋》，期使朝夕詠誦，而刻意模倣之。其次，天籟吟社創始人林述三先生「礪心齋」亦傳授女弟子，並有礪心齋女子同學會，較有名者「天籟三鳳」凌淨嫆、姚敏瑄、鄭威鳳。南部復有陳錫如在高雄旗津設留鴻軒書房，傳授詩文，其澎湖籍女弟子且於留鴻軒內另立「蓮社」，為全臺閨秀詩社之嚆矢。

臺灣光復伊始，詩壇百廢待興，四十年代之後，于右老、賈煜老兩院長出而鼓吹風騷，重振日治中期嚶鳴之盛，閨秀詩家亦復輩出，莫月娥先生適逢其會，輒於南北吟壇雅集大放異彩。先生於昭和九年生臺北，先世祖籍隸閩垣之莫朱村。年十六，從捲籟軒書齋黃笑園夫子遊，學詩律及吟唱，初隸淡北吟社。民國四十五年八月，詩作始發表於《詩文之友》。翌年，三月，《詩文之友》以〈光復一唱〉徵詠詩鐘，先生以：「光含鹿窟千秋鏡，復活龍潭百尺泉」一聯掄元，初試啼聲，所撰氣象宏開，屬對工切，遂一鳴驚人，推為壓卷。自是，先生愈熱衷斯道，輒參與詩壇活動，舉凡社集擊缽、刊物徵詠，以及酬酢唱和，無不與焉。先生以地緣之便與師門淵源，約民國五十年即參與天籟吟社活動，稍後，且加盟該社。民國九十二年起，任中華民國傳統詩學會副理事長，一百零二年正式立案後之臺北市天籟吟社，則聘為顧問。

余後生小子，未冠之年，即曾試投臺北市文獻委員會徵詠之「戊申詩人節書懷」一題，而側身壇坫則始自民國六十四年乙卯，其時偶然接觸彰化縣圖書館三十週年之詩人聯吟大會，遂逸趣橫生，樂此不疲矣。此一時期，臺地詩風尚熾，各地詩社多結合宮廟、社團，競相舉辦聯吟大會，其時擊缽方式猶墨守成規，多用七律七絕分首次唱，當場擬題，限時截稿，作品約莫數百之多，詞宗評閱費時，則待榜時間悠長，乃例為詩人聯吟，南腔北調，紛紛登臺，余之知有先生其人，且於吟韻優雅留有深刻印象，大抵如是，終無機緣一識荊州。某年，以徵集詩壇掌故公事，道出臺北，在天籟張國裕前社長座中，初識先生，乃因各有事忙，未獲深談。迨九十二年癸未，臺北瀛社徵詩，余倖以「竹山天梯」一律掄元，頒獎之日，先生知余北來，特備筵款接，同為座上賓者，別有史家唐羽兄與現任天籟社長楊維仁。是日遂得與先生暢談詩壇點滴，數十年間之爭逐，頗有共同記憶者，亦云難得矣。

先生固善吟唱，復得天籟吟社所傳「天籟調」之薰陶，其傳統吟唱遂能鳴盛於當世，聲名且不脛而走，獲得學術界之重視，推溯原始，早於四十餘年前，先有邱燮友教授出版《唐詩朗誦》錄音專輯，收錄先生所吟唱〈江南逢李龜年〉、〈夜雨寄北〉、〈清平調〉諸詩，自此天籟調盛名遂踏出臺灣詩壇，再馳名於各大學院校間，先生鼓吹之功殊堪不朽矣。八十五年一月，臺灣師範大學音樂研究所研究生高嘉穗通過碩士論文《臺灣傳統吟詩音樂研究》，且以先生為臺灣詩壇吟詩代表研究對象之一。其次，九十六年四月，又有楊湘玲在《臺灣音樂研究》第四期發表〈淺探臺灣傳統吟詩調的音樂結構：以「天籟吟社」莫月娥所吟七言絕句為例〉。先生吟唱之深獲學界推崇，舉此二事，可資印證。其間，正式發行《大雅天籟：莫月娥古典詩吟唱專輯》，由今社長楊維仁兄製作，萬卷樓圖書公司出版，天上人間，清音長在，不特先生之幸，亦我詩壇後進之幸也。

先生師事捲籟軒書齋黃笑園夫子，傳其詩法。八年前，楊維仁兄主編出版《捲籟軒師友集》，與黃笑園、唐羽、黃篤生師友合集，仍由萬卷樓圖書公司出版。先生詩作所傳僅此一斑，先生之子李惟仁及天籟吟社諸君子，每以未窺全豹猶有微憾，楊維仁兄遂再賈餘勇，埋首圖書館中，檢搜臺灣各大詩刊，得詩聯七百餘首，以律絕為主，俱屬詩壇雅集、酬唱篇什，起自民國四十五年，止於民國一百零五年，詩壇風氣之嬗遞，或可視此為縮影，從今而後「詩卷長留天地間」，先生之苦心孤詣及維仁兄之搜殘輯佚，並當後先輝映，傳為詩壇佳話也。

一百零六年五月，先生乍歸道山，享年八十有四。先生性情恬淡，畢生以作詩、吟詩與教唱為人生職志。斯集之出，編年有秩，先生詩壇之雪泥鴻爪，於茲是賴，且與前所出版吟唱專輯，允推雙璧。李惟仁先生孝思不匱，彰高堂之鴻篇，實孝道之典範，書將梓成，楊維仁兄督為序文，叨在先生舊誼，敢以不文辭。茲先讀為快，並棖觸往事，遂書此歸之。

辛丑暮春　後學　**林文龍**謹序於彰化和美

目次

民國四十八年　西元一九五九

民國四十九年　西元一九六〇

目次

民國九十八年　西元二〇〇九

目　次

編輯說明

一、《莫月娥先生詩集》（以下簡稱本書）收錄莫月娥老師古典詩作，兼及部分詩鐘作品。

二、本書作品依創作時間編年排列，部分無法考證創作年代之作品，則暫以刊載時間作爲創作年代。因爲創作發表時間可能與實際創作年代或有落差，因此本書作品之編年，也可能會有部分偏誤。

三、部分手稿作品完全無法推估創作年代，則排列於集末。

四、本書詩作主要出自《中華詩苑》、《中華藝苑》、《詩文之友》、《中國詩文之友》、《台灣古典詩擊缽雙月刊》、《中華詩壇》、《天籟詩集》、《大雅天籟：莫月娥古典詩吟唱專輯》、《天籟新聲》、《天籟吟社九十週年紀念集》、《松筠集第二集》、《捲籟軒師友集》、《天籟清吟》、《從傳統到現代：新竹地區詩社研究》、《天籟清詠》及莫老師手稿。本書係紀念詩集，並非學術著作，故不逐一註明出處。各版本所刊之詩作若有差異，則另以附注說明。

五、各詩題之下，由編者加列詩社或詩會名稱，俾使讀者窺知當時莫月娥老師參與詩壇活動之概況。

六、本書部分作品之後酌加附注或說明，均係編者所注。

七、本書部分作品之後酌附時人相關詩作，均係編者所採錄。

八、本書經莫月娥老師家屬授權，委由臺北市天籟吟社編輯，萬卷樓圖書公司發行出版。

莫月娥先生詩集

民國四十五年　西元一九五六

賞　月

一鈎兔魄露嬌姸，斜掛雲衢望似弦。今夜何須愁作客，舉杯邀飲興無邊。

思　鄉

故園一望感淒涼，去國離家歷幾霜。破曉雞聲悲落月，板橋魂斷淚沾裳。

小樓夜坐

幽居斗室樂平生，抱膝清談笑語傾。豈獨元龍先得月，湘簾不捲印蟾明。

種　菊

殷勤自植傲霜枝，灌漑朝朝到竹籬。絕好三秋時怒放，使他靖節亦情痴。

詩鐘「夏雲」一唱　捲簾軒

夏轉黃鸝棲翠柳，雲歸白鶴舞蒼松。

秋色

白水長天鳥道侵，疏籬菊蕊正浮金。遙瞻曲岸丹楓影，一片吳江冷客心。

銀河

星漢分明月似鈎，橫天不啻一清流。可憐牛女相逢夜，隔斷盈盈共訴愁。

雪夜

兀坐幽齋漏鼓沉，漫天玉戲冷羅襟。侍師幾似程門立，醒覺飄飄已尺深。

寒松

歸棲白鶴舞蒼蒼，耐冷槎枒歲月長。自古大夫高氣節，晚年獨秀獨凝霜。

登高

重九逢佳節，避災歲歲同。雄心臨絕頂，仰首望長空。
落帽情難了，題糕興未窮。插萸兄弟感，只為別離衷。

林獻堂先生輓詞 《林獻堂先生榮哀錄》

尋聞振鐸為民謀，浩氣冲宵孰與儔。已渺音容留史實，灌翁碩德配千秋[1]。

1.另刊《詩文之友》六卷四期，第四句作「灌翁碩望配千秋」。

簫史

豈遜桓溫弄笛時，瓊簫一曲使人癡。獨憐跨鳳成仙去，無復秦臺徹夜吹。

楊太真

清平調奏笑嫣然，飛燕何堪共比肩。省識不如牛女會，馬嵬遺襪有誰憐。

寒窗

月落霜飛夜已深，疏櫺燭影照清吟。漫嗤十載空株守，尺蠖何曾屈壯心。

中秋步月

《詩文之友》徵詩

夜聽霓裳憶昔時，西廂庭外獨敲詩。廣寒宮下徘徊甚，顧影相憐皎潔姿。

曉鐘《詩文之友》徵詩

敲來逸韻聽分明，早覺沙門禮佛情。悵觸景陽樓已渺，卻輸蕭寺悟禪聲。

詩鐘「光復」一唱《詩文之友》徵詩掄元

光含鹿窟千秋鏡，復活龍潭百尺泉。

冬至雨

律管灰飛歲欲闌，瀟瀟盡日鎖眉端。鄉心滴碎陽生夜，未得西窓剪燭歡。

民國四十六年　西元一九五七

曉風

微開曙色絕清幽，搖颺垂楊萬縷柔。倚檻沉吟思往事，幾番吹恨鎖眉頭。

介子推

事君割股實堪欽，足下名揚到至今。笑煞亡人貪爵祿，綿山焚死亦甘心。

春宴

屠蘇醉飲各言歡，如駛光陰又履端。酒滿清樽同北海，賓筵齊獻五辛盤。

閒吟

銀燭光搖映繡帷，紗窗夜靜坐敲詩。豈無尺蠖求伸志，穎脫毛囊也有時。

空谷蘭

澗壑堪憐九畹根，幽香風送斷人魂。質同秋菊誰為佩，馥馥岩前對日昏。

踏青

斗酒攜來興未闌，春陰閒步覺心寬。鳳鞋印遍荒郊路，綠草毿毿不盡歡。

瓶花[2]

淡北吟社

幽香案上任風飄，斜插瑠璃幾朵嬌。玉蕊宛如閨少婦，那教一見不魂銷。

范蠡

黃金鑄像表英姿，霸越亡吳克難危。省識弓藏甘遁迹，五湖煙水載西施。

2.依據《中華詩苑》五卷五期，題目作〈瓶花〉。另刊《詩文之友》七卷三期，題目作〈花瓶〉。

曉粧 四首

雞聲唱徹曙明時，雲髻輕梳玉鏡窺。獨坐懨懨新睡臉，懶將螺黛畫蛾眉。

纔看初日照流黃，厭點朱唇倚臥床。甚欲摘花頭上插，繡鞋閒步出西廂。

露濕空庭尚未乾，輕衫細帶怯春寒。幾回思欲當窗下，理鬢簪花轉畫欄。

清風意氣自寬舒，早起襟懷俗慮除。欲理時流鬒髮短，綠波瀲灩恰相如。

雪藕

絲絲斷續濯銀塘，消夏佳人盡日忙。生就淤泥都不染，可憐七竅潔冰霜。

項羽

拔山蓋世大英雄，逐鹿咸陽得首功。千載烏江嗚咽水，有誰來弔楚重瞳。

春寒

東風料峭懶吟身，霜滿庭除冷迫人。藉問子京當宴裡，誰將半臂惹傷神。

競渡

端陽弔屈水悠悠，比賽龍舟感不休。打槳汨羅江上去，招魂豈獨賈生愁。

乞巧

焚香七夕訴衷情，月下穿鍼眼角明。絕技弄梭欽織女，肯容授我作門生。

蘆中人

昭關脫險怨難除，綠葦猗猗暫隱居。一聽漁歌江上逸，千秋遺跡憶申胥。

昭君出塞

遠嫁呼韓別漢關，畫師偏誤妾花顏。躊躕征馬斜陽外，獨抱琵琶兩淚潸。

木蘭從軍

鞭弓市買替爺征，一渡黃河破狄城。十載功成嗤火伴，雌雄兔走辨難明。

褒姒[3]

覷得諸侯各震驚，驪山往事至今評。千金若買佳人意，烽火何勞換笑聲。

驪姬

天生國色絕嬌姿，晉獻昏沉意太癡。輕死可憐恭世子，九原猶自怨娥眉。

3. 亦收錄於《天籟詩集》，集中第一句作「戲得諸侯各震驚」，第二句作「驪山往事最堪評」。

驟雨

豈是天公洗甲兵，沛然急似大盆傾。東阡水滿西阡旱，恩渥如何兩樣情。

詩鐘「步虛」鷺拳格 《中華詩苑》徵詩

凌虛湘水千竿竹，矗聚秦宮五步樓。

詩鐘「端午」一唱 《詩文之友》徵詩

午夢空教歡富貴，端居卻不恥貧窮。

釣魚

丹楓岸畔樂悠悠，水國垂綸養性柔。獨似寒江蓑笠老，一竿風月任沉浮。

夢筆

懵騰漠漠感無涯，染翰才難賦八叉。一枕猶如唐李白，管城何事亦生花。

月鈎

眉痕光細最堪憐，斜掛雲衢照大千。莫笑嬌羞粧半面，應知三五樂團圓。

桐葉

金井飄飄數片黃，不隨溝水出宮牆。更無才子題佳句，棲宿待看有鳳凰。

養菊 《詩文之友》徵詩

東籬培植為花忙，欲乞輕陰上綠章。愛護情如彭澤宰，獨憐晚節傲秋霜。

詩鐘「綠燈」三唱 《詩文之友》徵詩

翡翠燈懸新暖閣，芭蕉綠映舊寒窗。

進履

巧遇圯橋黃石公，殷勤納舄啓英風。未能虎嘯雄心在，受得兵書立漢功。

詩鐘「夢雲」二唱 淡北吟社

楚夢迷離神女意，秦雲輕薄美人情。

秋陰 《詩文之友》徵詩

西風簾捲影輕微，萬里冥濛雁字歸。白帝騰騰生殺氣，昊天未忍露光晞。

秋蔭 《詩文之友》徵詩

未雨冥濛冷氣微，西窗飂渺入簾幃。涼痕一抹梧桐外，猶見雲天倦鳥歸。

滕王閣

蘭宮桂殿聳洪都，麗絕襟江帶五湖。王勃長留佳句在，鳴鸞歌舞嘆虛無。

詩鐘「花草石雲」腰次格 《中華詩苑》徵詩

林間坐石看雲岫，野外尋花到草廬。

秋日登鳳鳴山 湧泉寺雅集

一路秋光好，雙溪水又清。魂銷登石磴，膽壯入雲程。
最愛參禪意，能教了俗情。鳳鳴山上望，鼎足寺分明。

朝曦　淡北吟社掄元

晨光初映小窗帷，照我妝臺起畫眉。早覺向陽春更好，曉行蓮步莫遲遲。

蝴蝶蘭　淡北吟社三十五週年紀念大會

渾如蕙草美人情，空谷幽香過一生。翠葉露根纏古樹，黃鬚粉翅茁新莖。
難教變態莊周夢，不聽傷時孔子聲。處世清高秋佩感，誤他謝逸作詩評。

春痕　淡北吟社三十五週年紀念大會

花陰柳影最難描，艷跡興懷感六朝。芳草踏青人去後，鳳鞋步步見魂銷。

枕頭弦　《詩文之友》徵詩

夜奏愔愔入耳娛，鴛鴦睡處愛珊瑚。縱然不聽閨人語，齊御焉能作大夫。

枕頭弦 《詩文之友》徵詩

怨調愁腸似操琴，微聞牀畔發清音。為君彈劾憑能手，少婦閨中激壯心。

枕頭弦 《詩文之友》徵詩

安眠不管吐情絲，奏出輕音遶帳帷。莫怪閨人多口舌，聽彈低首是男兒。

詩鐘「竹梅」分詠格 《詩文之友》徵詩

寒香幾點橫天地，貞節千竿冒雪霜。

民國四十七年　西元一九五八

涸轍

軌迹凹中困鮒哀，恰逢莊子遠遊來。劇憐難待西江決，渴望惟須水一杯。

閒夜吟

小樓簾捲倚窗時，鏡檻斜開瘦影移。好是一痕天上月，玉欄干畔照修眉。

毛遂[4]

自薦能教楚訂盟，平原門下客皆驚。看他一脫囊中穎，愧煞因人十九名。

詩鐘「不棲塵」押尾格　《中華詩苑》徵詩

碧水奔流終到海，青山歸隱不棲塵。

4.編者按：此詩之吟唱錄音收錄於《大雅天籟：莫月娥古典詩吟唱專輯》。

詩鐘「不棲塵」押尾格 《中華詩苑》徵詩

聖德如風能偃草，仙靈得道不棲塵。

孟嘗君

珠履三千博盛名，能容彈鋏訴衷情。馮驩市義謀歸計，就薛欣看父老迎。

春宵

東風嫋嫋漏遲遲，半捲湘簾月影移。一刻千金清靜夜，挑燈閒讀古人詩。

詩鐘「淡北吟社」碎錦格 淡北吟社

祭社酒傾如北海，吟壇詩淡繼南皮。

出水蓮

不染淤泥潔一身，芙渠獨秀豔天真。吳姬欲採羞含妒，未及嬌紅別樣新。

梅影　《詩文之友》徵詩

著煙籠水總迷離，一段香聞月滿枝。若道羅浮人夢醒，花陰倩女益淒其。

釣臺

軒冕泥塗逸興長，一竿風月水雲鄉。富春千載猶遺跡，石上苔痕照夕陽。

夜雨

淋漓聲聽倦吟身，獨坐寒宵倍愴神。安得西窗重話舊，殷勤剪燭可憐人。

晴煙《中華詩苑》徵詩

莫訝濛濛霧，浮空亂不齊。春風吹淡蕩，直上白雲梯。

春眠 淡北吟社

韃鞦戲罷月光微，懶惓徘徊入綉幃。一枕蘧蘧如蝶夢，五更寂寂任雞翬。
東風有意吹人醒，北闕無情逗客歸。我比新鶯思出谷，迷魂猶自遶枝飛。

馮驩

頻彈劍鋏感難休，豈獨無魚作客愁。抱有高才能市義，三營兔窟獻奇謀。

謹和黃文虎先生瑤韻

迴吟佳句氣沖融，處世難逢黃石公。小技何堪同孺子，宏才久已仰詩翁。
應知柳絮飛如雪，漫把丘陵去比嵩。自愧許多書未讀，浮沉學海渺茫中。

附：才女吟

為捲簾軒女高徒莫小姐作　黃文虎

絳帳當年豔馬融，軒傳捲簾又黃公。莫家賞識真才女，佳處涵存甚老翁。
道韞能吟袛柳絮，蘭英博約動衡嵩。隨時氣得江山助，多在春風化雨中。

避暑

消夏陂塘溽氣收，浮瓜沉李自悠悠。多時累及佳人意，雪藕絲牽感不休。

彈琴

玉軫金徽奏暮天，勾挑指下有誰憐。祇今塵海知音少，莫怪無心理七絃。

義犬

《詩文之友》徵詩

忠誠楚獷古今傳，守夜何嫌伏地眠。豈是帝堯仁不著，吠非其主亦堪憐。

義犬 《詩文之友》徵詩

宋鵲能馴孰比肩，雄威夜夜守門前。蒙恩報主人何及，搖尾端無為乞憐。

冰箱 《詩文之友》徵詩

貯藏魚肉冷悠悠，恰似乾坤冱冽收。巧製不容侵暑氣，涼餐涼飲解人愁。

冰箱 《詩文之友》徵詩

堅牢四面蓄寒流，鯉尾猩脣任意投。暑熱難侵還自凍，客來涼味可相酬。

遊赤壁

興懷孟德感難禁，一葦飄然月色侵。甚欲追尋蘇子跡，風騷二度賦銘心。

逆旅

行人借枕息奔馳，壁上留題有所思。投宿韓公能救婦，一噓驅鬼世稱奇。

岫雲

淡北吟社

一片無心逐不開，從龍意欲出天台[5]。筆峰五彩看籠處，自有文章絢俊才。

詩鐘「山水」一唱

捲籟軒掄元

水獺驅魚奔急浪，山猿戲虎躍高枝。

鄭公風

拾箭山中喜遇仙，一來一往送飄然。若耶溪上吹朝夕，利涉樵夫韻事傳。

5. 入選《台灣擊鉢詩選》，該集中第二句作「從龍意欲出天臺」。

孟嘉帽

俊逸參軍孰與同，題糕載酒樂融融。寧無兩翅烏紗麗，吹落龍山一陣風。

話舊 淡北吟社

促膝談心夜，西窗姊妹羣。相邀來剪燭，共敘到湔裙。
雨落詩情急，杯傾酒味芬。知音天下少，莫怪語絲紛。

劉向校書

五經檢點坐元宵，太乙親臨慰寂寥。月影沉沉天祿閣，燃藜光照興偏饒。

煮茗

竹爐添炭雪寒天，更把龍團手自煎。剪燭閒談諸姊妹，一甌當酒亦陶然。

詩鐘「歌曲」鳶肩格　捲簾軒掄雙元

陽關曲唱征人怨，易水歌傳壯士悲。

銀河會　《詩文之友》徵詩[6]

烏鵲填橋正合歡，一年愁恨鎖眉端。劇憐牛女相逢淚，洒遍盈盈未易乾。

醉西施

東窗笑倚艷天真，酒未醒時又帶顰。絕好姑蘇臺上月，照他沉湎捧心人。

池　魚

活潑揚鰭止水間，陂塘啖影恣人看。倘能燒尾風雷挾，一躍龍門亦不難。

6.《詩文之友》十卷一期作者作「臺北黃月娥」，考量該刊前後期均無黃月娥之作者，應係作者姓氏誤植。

和華堤先生伉儷花甲雙壽瑤韻[7]

鶴首昂揚似白茅，吟壇交契盡知交。詩歌為祝榮花甲，伉儷相欽守燕巢。
錦宴同傾雙壽酒，華堂合奏七星匏。養生早得長生法，樂頌期頤卜泰爻。

附：自　壽

陳華堤

蘭芷而今已化茅，比湯無法有曹交。經為道德乾坤識，杖是聖賢仁義巢。
十九人中誰脫穎，三千客裡我懸匏。只欣花甲心身健，日似榮陽讀一爻。

附：和華堤兄伉儷花甲雙壽瑤韻

黃笑園

長生真訣得於茅，能曠襟懷喜締交。久仰才高龍臥洞，双棲恩重燕居巢。
羞無祝嘏安期棗，喜有吟風孔子匏。弧帨並懸花甲日，稱觴亨吉地天爻。

7. 刊於《中華詩苑》八卷第五期，題爲〈和華堤先生伉儷花甲雙壽瑤韻〉。刊於《詩文之友》十卷二期，原無詩題，列於業師黃笑園夫子〈和華堤兄伉儷花甲雙壽瑤韻〉之後。

甯戚

飯牛車畔到更殘，扣角歌聲感百端。不是齊桓能解意，榮膺卿相亦應難。

詩城 《詩文之友》徵詩

咳唾珠璣作壘堅，鴻才李杜世稱賢。也同萬里嬴秦築，五字由來孰比肩。

唐宮鼓

上苑淵淵縱擊來，三郎一聽笑顏開。百花催醒楊花醉，那識遺香溢馬嵬。

觀竹 淡北吟社

平安憑報可憐春，自有凌霜勁節真。不是柯亭名早著，那教作樂取遊人。

附：觀竹

黃笑園

鄧林嶰谷辨難真，翠葉搖風倍爽神。省識虛心欣得地，龍孫猶見出頭新。

半夜鐘

頻敲百八響深宵，激動鄉懷萬里遙。釋子豪吟猶咏月，噌吰聲裡欲魂銷。

斗室

《詩文之友》徵詩

安閒環堵樂團圓，小住何妨歲月遷。陋室猶如劉禹錫，無愁鬼瞰擁書眠。

嫩寒

台北市聯吟大會

霜天猶自坐殘更，十載攻書愧未成。總有葛仙能吐火，不教冷氣入窗楹。

民國四十八年　西元一九五九

迎　春　《詩文之友》徵詩

翻風又到報梅梢，為迓東皇備酒肴。從此萬花應有主，文章好假醉同胞。

柳下聽鶯　己亥春季中北部十一縣市聯吟大會

隋堤亦覺愛天晴，宛轉珠喉盡不平。恰恰幾時憐對語，交交此日似相迎。
漫言停步關心未，又向垂條側耳清。最是嬌啼傷妾婦，遼西夢醒不勝情。

春　衫　淡北吟社

一領蒙茸樂自娛，海棠微見褪羅襦。情牽慈母縫時意，遊子新衣著得無。

清明酒

《詩文之友》徵詩

魂斷行人感若何，時逢佳節又當歌。欲知紅杏村家釀，能得如泥醉幾多。

鷗盟

瀛社創立五十週年紀念會

相親鎮日駐鸞鑣，聚首天涯不自聊。塵海論交情更切，蘆洲待宿志猶超。
劇憐泛泛閒身似，也解洋洋得態驕。避世焉能同此侶，隨波上下感逍遙。

李世昌先生六秩晉一華誕[8]

回首杖鄉憶去年，騷壇錦幟態蹁躚。百篇詩詠雕龍譽，七步才高繡虎傳。
光照辰星原耿耿，眼看瓜瓞慶綿綿。壽徵總待期頤日，堂上樽傾北海筵。

8. 詩題依據《台北文物》十卷四期。《台北文物》九卷二、三合期〈臺灣女學的發祥地〉文中另題作〈壽李世昌先生六秩晉一〉。

倪登玉先生六秩晉一華誕

花甲纔週又一年，回甘蔗境樂無邊。星瞻南極光芒外，詩頌三多歲月延。
楊子奇才誇吐鳳，陶公歸賦豈耘田。養生自得長生訣，逸隱明山別有天。

荷風

淡北吟社

蕭蕭吹動六郎何，深淺池塘水漾波。難得館娃撐小艇，涼生一陣颸輕羅。

蒼松傲雪

淡北吟社祝倪登玉李世昌先生六十晉一壽辰

疑是晶鹽疑是銀，青青未解歲寒身。蹁躚鶴翅看無影，搖拂龍鬚倍有神。
三徑猶存能舞客，大夫原不羨封人。繽紛六出花開日，古幹參天占早春。

聽蟬

《詩文之友》徵詩

碧梧高坐為誰嘑，遺蛻空聞一殼迷。入耳韻清齊女調，聲聲又送夕陽西。

聽蟬 《詩文之友》徵詩

似聞雅調唱高低，齊女冤情訴不迷。欲捕螳螂能得否，清聲正為晚涼嘶。

詩鐘「秋蕉」分詠格 《詩文之友》徵詩

付與樵夫譚覆鹿，更教遊子亦思鱸。

詩鐘「秋蕉」分詠格 《詩文之友》徵詩

欣開籬菊黃千朵，分上窗紗綠一痕。

詩鐘「笑園」一唱 淡北吟社社友黃笑園先生逝世周年紀念

笑向春風桃李豔，園垂玉露桂蘭香。

漁村　淡北吟社

江干蟹舍自成鄰，笑向斜陽結網頻。不愧煙波同泛宅，一方景占苧羅春。

民國四十九年　西元一九六〇

山寺晚眺　臺北市新春聯吟大會

煙凝蘭若近斜曦，無數歸鴉返影遲。觸我吟懷嗟暮景，一聲清磬破迷痴。

附：山寺晚眺　張國裕

鍾鼓樓頭景色奇，層巒殘照彩雲披。餘霞一抹經聲度，極目歸鴉薄暮時。

附：山寺晚眺　葉世榮

花宮展望夕陽遲，紅縵煙霞塔影披。四顧無遺臨暮色，竹林深處話僧彌。

横貫公路 庚子詩人節自由中國詩人大會

奔塵車馬出層峰，鑿破危崖幾萬重。漫說崎嶇同蜀道，直通花市認歸蹤。

聽竹 《詩文之友》徵詩

自是篔簹勁節貞，故教入耳感音清。蕭蕭鳳尾斑斑淚，一樣淒涼咽女英。

虎 《詩文之友》徵詩

一聲長嘯逐群羊，威猛堪稱百獸王。不去深山同豹隱，春風賁杏感無疆。

防洪 《詩文之友》徵詩

狂奔水勢感盈盈，風雨為災動客驚。千載功歌瓠子決，不教汎濫禍蒼生。

詩鐘「龍虎」分詠格 《詩文之友》徵詩

何用負嵎長藉勢，那堪嘘氣亦成雲。

雁聲 淡北吟社

銜寒嚦嚦不勝愁，塞外頻聞接素秋。記得瀟湘明月夜，觸人鄉緒起心頭。

祝李正明社友榮任詩文之友社副社長 淡北吟社[9]

瀟灑胸懷仰正明，騷壇恭祝賦金聲。才名長振詩文社，德教猶親翰墨情。
虎口有方堪濟世，龍鱗妙訣可回生。從來藝苑耆英會，好共仁人借酒傾。

9.《詩文之友》十三卷五期（一九六零年十二月）刊載「騷壇消息」：台北市淡北吟社。於十一月十三日下午一時在台北市迪化街捲簾軒。爲就任本社（《詩文之友》）副社長李正明先生開慶祝擊缽吟會。出席社員四十六名。來賓有李正明。何志浩。王觀漁。杜仰山。林錫麟諸先生。……後由何志浩。王觀漁。張晴川。倪登玉。劉夢鷗。李天鷺。杜仰山。林錫麟諸先生及莫月娥小姐吟詩助興。至下午八時。和氣靄靄盡歡而散。

十月先開嶺上梅 《詩文之友》徵詩

小陽春裏感低徊，入夢羅浮淑氣催。縞袂還思仙子態，評章徒費雅人裁。記從驛路傳消息，吹落江城劇可哀。何用萬花妒先後，祇今南北半含開。

詩鐘「重陽菊」碎錦格 《詩文之友》徵詩

菊開重九陶家景，詩詠端陽楚客情。

民國五十年 西元一九六一

客中餞歲 《詩文之友》徵詩

羈情離思感悠悠，祖帳難教黑帝留。臘鼓聲催腸欲斷，陽關曲唱淚交流。十年旅邸懷鄉信，一枕夢魂去國愁。縱有窮文能送盡，可堪歲晚獨登樓。

迎歲梅

臺北市各詩社聯合歡迎日本木下周南教授擊缽吟

應知明月是前身，玉骨冰肌別出神。破臘不忘林下客，含情欲寄隴頭人。
幾枝庾嶺年華改，一片孤山物候新。雪裏吟香留瘦影，莫教攀折好迎春。

春聲

淡北吟社

律回歲轉暖風吹，萬象更新景色宜。幾處催花憑羯鼓，一番傳信到書帷。
凍雷驚笋抽芽早，破曉嬌鶯出谷時。深巷朝來聞賣杏，小樓消息喜揚眉。

探驪手

淡北吟社祝李正明先生掄雙元

龍珠檢點感迢迢，搜盡佳章豈自驕。記得騷壇爭霸日，一伸巨臂姓名標。

慈母心

富春吟社主辦中北十一縣市辛丑春季聯吟大會

身衣密密繫愁顏，昨夜慈幃涕淚潸。獨自閭門頻倚望，天涯遊子莫遲還。

金龍寺參禪　淡北吟社

閒叩金龍且學禪，玄機靜處感無邊。聞鐘早已歸三界，面壁還思坐九年。
悟到是非原似夢，本來色相幻如煙。靈臺肯許塵埃染，一點光明照大千。

白鷺歸巢　淡北吟社

雪點青天認一行，無冬無夏水雲鄉。知還直向逍遙地，振羽高飛背夕陽。

詩　幟　天籟吟社

半幅高懸界不分，雕龍繡虎各能文。螢弧一樣誇先奪，長掛騷壇署冠軍。

荷邊晚步　《詩文之友》徵詩

青錢疊疊聳凝眸，徙倚池塘夕照收。多少炎愁懷隱服，徘徊涼納感清流。
花香十里飄揚處，月影千重的歷幽。路遶濂溪稱夜景，教人行踏繡鞋遊。

雞絲麵　淡北吟社祝名順食品廠鄞強社友創業六週年紀念

騷壇翰墨客新嘗，味雜雞絲巧樣裝。付與隨園編食譜，飽餐何必羨膏粱。

民國五十一年　西元一九六二

雙燕剪春　淡北吟社掄元

梅花裁出樂心同，叉尾翩翩入畫中。媲美趙家雙姊妹，應無相妒舞春風。

補書　台北市花朝詩人聯吟大會

一卷縑緗破未全，殷勤不忍失真傳。書生技與媧皇異，修補偏從簡竹篇。

江柳　《詩文之友》徵詩

隋堤嫋嫋綠參差，又見長條拂水涯。夢醒猶懷彈汁日，絮飛已覺化萍時。
五株故向陶潛宅，一闋新翻白傳詞。聽說有絲能繫客，可憐無力挽春曦。

淡北題襟　淡北吟社創立四十週年紀念

韻探淡北思悠哉，一樣蘭亭詠共陪。四十年中鷗鷺侶，吟詩猶可絢詩才。

菊　影　天籟吟社掄元

晚粧漠漠夜悠悠[10]，艷跡東籬任印留。處士相逢明月下，一杯邀飲對清秋。

靈源寺雅集　淡北吟社高山文社松社聯吟掄元

遙看錫口景翻新，鷗鷺聯盟笑語親。蓮社敲詩三鼎足，騷壇鬥韻一吟身。場中結契攤箋急，寺裡逍遙作賦頻。最好今朝同聚首，更從翰墨證前因。

「靈源」冠首聯　淡北吟社高山文社松社聯吟

靈脈所鍾山拱北，源頭不竭水流東。

10.入選《台灣擊鉢詩選》，該集中此詩第一句作「晚粧淡淡夜悠悠」。

冬郊覓句　松社

得韵同騷客，灰飛任去留。騎驢尋野徑，策杖過平疇。
搜盡詩心苦，來探景色幽。沉思多逸興，風雪漫悠悠。

初冬　松社掄元

起粟侵膚冷似刀，夜闌簾外透颾颾。乍驚霜氣行人苦，纔熨征衣戍婦勞。
暖閣初排聞去雁，清樽欲醉可持螯。劇憐范叔艱難甚，一領憑誰更贈袍。

買醉　淡北吟社

杏花邨外酒旗風，引得騷人興不窮。莫怪典衣偏太急，免教羞對狀元紅。

民國五十二年　西元一九六三

春菊　台北市癸卯花朝聯吟大會

幾番風信到籬陬，逸士名高孰與儔。陶令愛花同一癖，不關時節異清秋。

餞春　高山文社松社淡北吟社聯吟

霸陵橋外感年華，送盡東風去路賒。從此園花誰作主，更張祖帳客停車。

鶗鴂永夜腸堪斷，驪唱一聲日易斜。折柳難留青帝駐，空教別意怨天涯[11]。

午睡　天籟吟社

飯香時節滯繩牀，一入華胥路渺茫。未許流鶯啼古樹，漫教雛燕語雕樑。

拋書手倦春眠好，借枕夢酣晝漏長。乍被敲窗人喚醒，水晶簾外已斜陽。

---

11. 刊於《松山地區之古老詩社：松社》，後兩句作「折柳難教青帝駐，空數別意怨天涯」。本書依據《捲籟軒師友集》修正。

三清宮消夏　天籟吟社

三清宮外立斜陽，山際風生特地涼。一角仙源忘世態，半襟吟味撲荷香。
浮瓜沉李人應俗，禮佛參禪興倍長。炎暑不愁閒月得，可知心契白雲鄉。

寒江釣雪　淡北吟社

簑笠孤舟冷，垂絲做隱綸。身閒拋勢利，世亂避風塵。
樂思隨波靜，忘機養性真。升沉應不問，煙水一竿親。

觀紙鳶　高山文社松社淡北吟社聯吟

飛鴻疑假又疑真，巧用新裁別出神。天際翺翔如有路，日邊縹緲若無垠。
層霄惟恐乘風少，一線何妨奮翅頻。不負得時吹借力，悠悠望斷隔埃塵。

12.入選《台灣擊缽詩選第二集》。該集中，本詩第四句作「日邊飄渺著無垠。」

屐痕　天籟吟社

幾疑鴻爪印階前，踏遍青苔點點鮮。一片東山遺跡在，依稀足下篆心田。

十月菊

傲霜別有淡秋情，辭向重陽放晚晴。不改陶潛留氣節，小春猶對醉花觥。

冬至雨　淡北吟社

聽罷瀟瀟感不休，陽生一夜鎖眉頭。何堪潤濕葭灰動，共許催詩作客留。

民國五十三年　西元一九六四

桃花浪　淡北吟社

紅霞紅雨是耶非，春水初迷沒釣磯。三月風迴光瀲灩，一溪膩漲襯芳菲。
淚波無限香腮濕，人面難忘夕照微。吹縐武陵消息早，阮郎焉得不依依。

題臺灣擊鉢詩選

一字傳風雅，搜羅遍海隅。文章欣有價，翰墨惠吾儒。
編就新詩集，增刪舊版圖。蓬萊揚鉢韻，珍重若瑤瑜。

豔遇

相逢月下是仙姝，一朵娉婷似醉扶。交甫卻同今日見，親教玉珮繫輕襦。

諸羅話舊

嘉義麗澤吟社歡迎臺北諸吟友蒞嘉擊鉢

桃城城外駐吟驂，知己相逢盡美談。往事滄桑驚聚散，一朝翰墨契東南。
班荊隔座情猶昨，風雨連床酒正酣。不減巴山當夕語，何妨剪燭到更三。

種桃　宜蘭縣聯吟大會慶祝陳進東先生當選宜蘭縣長

如今德政又歌新，遍植河陽若比鄰。漫說無言難治邑，縱非和露亦宜民。

栽花作縣追前輩，著手成蹊啟後人。他日來看賢令尹[13]，莫教去路問迷津。

甘澍　慶祝陳進東先生當選宜蘭縣長聯吟大會[14]

萬物徯蘇感不窮，及時猶見雨濛濛。如今欲解蒼生望，盡在先生德澤中。

覺明寺避暑　淡北吟社

宦情世態枉如煎，沁味由來獨占先。九夏寧忘無酷熱，清懷應許了塵緣。

浮瓜沉李原同樂，雪藕調冰自可憐。消得炎愁人不俗，覺明寺外夕陽天。

13.《詩文之友》、《中華藝苑》、《南湖吟草》第七句均作「新令尹」。此處依《捲籟軒師友集》重新修訂爲「賢令尹」。

14.陳進東《南湖吟草》，作者誤作黃月娥。依據《中華藝苑》二十卷四期詞宗陳竹峯選爲右花，作者莫月娥。

詩鐘「覺明」一唱 淡北吟社

覺路已開寰世外，明心只在梵音中。

佛燈 淡北吟社

一盞如何懺悔尤，須知不滅破冥幽。莫嫌世道無光焰，認此長明福慧修。

雀屏 松社逸社韓堂詞兄次女訂婚紀念

偏教中目笑凝眸，選婿何如隔翠幬。月下毋勞人撮合，意中難得志相投。
回看六曲緣憑射，話到三生福並修。此日擇婚雲母畔，彎弓鵠列盡名流。

赤繩 松社、逸社聯合擊鉢

繫足情深豈偶然，端憑一線締良緣。從茲月老殷勤祝，伉儷榮偕到百年。

松江泛月　松社掄元

乘興蟾光載一舟，飄然楫似擊中流。風波已慣驚無險，煙水寧迷惑不休。照影玉盤歌蕩漾，放懷桂棹屬優遊。夜闌莫便吟歸去，隔岸停橈認鯉頭。

喚渡　松社

白日昭昭浸已遲，緩歌漁父漫相嗤。能需急濟非窮士，呼渡蘆中隔水涯。

吹葭　淡北吟社

天時容易感陽生，六管初搖歲欲更。添線不勞相問訊，灰飛散漫動鄉情。

白桃花　《詩文之友》徵詩

誤猜梨院燕飛初，冰雪為容願豈虛。流水至今空色相，問津羞怯武陵漁。

民國五十四年　西元一九六五

含笑花　逸社

春心羯鼓漫相催，香過芭蕉午後摧。未解愁顰惟解語，帶將莞爾立青苔。

詩鐘「含笑花」碎錦格　逸社

飛騎猶含妃子笑，看花應為老人羞。

春暖　逸社

風送如薰醉破愁，香園坐對卸征裘。開遲我與梅方覺，學舞卿於柳更柔。
一掬人情猶未冷，半驚世態恕從遊。縐吹池水粼粼綠，天下無寒淑氣浮。

賣冰聲 逸社

聽者依然買者多，一枝止渴凍如何。玉壺已覺儂心冷，傾耳未嘗解醉酡。

香爐煙

龕前一縷繞餘香，開我塵懷惠未忘。豈易吹消容世俗，最難斷送屬仙鄉。隨風裊裊青何似，拂袖飄飄淡可揚。麝火休教添寶鴨，禪門不鎖篆無疆。

纏頭錦 賴子清《中華詩典》

莫厭看花酒半醺，卻教舞罷賜縑纁。不知辛苦天孫織，只當千金贈翠裙。

睡貓 賴子清《中華詩典》

不減餘威鼠瞰愁，溪魚飽飯正垂頭。貍奴也解華胥夢，偶向花陰小閉眸。

淮陰釣臺　賴子清《中華詩典》

遺蹟長淮一釣臺，常令過客此低徊。蕭曹內本無君座，雲夢間還謁帝來。
與噲伍憐魚服困，假齊王伏狗烹災。千秋此獄難翻案，留作人間弔古哀。

黛納小姐過境　臺東寶桑吟社課題掄元

如入無人處，街衢屋半摧。狂風旋地起，暴雨破天來。
玉趾行餘虐，芳蹤認慘災。瘡痍今滿目，不忍望東臺。

初夏　宜蘭縣聯吟大會

困人天氣感無涯，乍挹南薰憶歲華。掠影堂前空舞燕，聞聲池畔又鳴蛙。
閒觀棋局餘殘局，開遍園花盡落花。難得陰生新暑意，好將枕簟臥煙霞。

熟梅　淡北吟社

半晴天氣半黃酣，濺齒流酸味更諳。望似曹軍空止渴，調羹宰相不勝慚。

詩鐘「落花」魁斗格　淡北吟社

落魄江湖惟載酒，暢懷風月為評花。

溪山煙雨　松社

衣沾谷口悵行吟，未撥迷濛感慨深。流水一灣雲易濕，苔痕半徑屐難臨。歸樵有路思來路，出岫無心息去心。亂世幾同巢父隱，潺潺是處滌塵襟。

三修宮遠眺　淡北吟社

三修宮外憩吟身，觸目遙峰別出神。風物豈殊隨變換，江山焉可判沉淪。隔溪水自潺湲急，蔽日雲猶感慨頻。半嶺宏開清淨地，回頭幾輩悟紅塵。

槐陰茗坐　瀛東聯誼會課題

夾道涼回翠影含，烹煎何處汲泉甘。鬢絲偶共茶煙裊，喉韻猶存笑語酣。
萬樹難遮心地迥，一甌休對俗人談。三公遺蔭堂依舊，兩腋生風雋味探。

奔月　淡北吟社

碧海青天夜，嫦娥厭俗居。雲梯凌直上，靈藥憶偷初。
吳斧光非滅，后妻影不虛。廣寒宮外路，步步感何如。

秋情　宜蘭縣乙巳秋季聯吟

心緒休隨萬木凋，西風宦海起思潮。何當歸去同陶老，醉向黃花一折腰。

夜談 登瀛吟社課題

今夕驚何夕，傾心與故知。宵深人語切，市遠漏聲遲。

風雨情千種，杯盤醉半痴。雞應停報曉，剪燭話襟期。

張翰思歸 臺東縣寶桑吟社課題

忽驚秋至憶蒓肴，吳下西風八月敲。遙念家山心似箭，未忘鄉味宦情拋。

民國五十五年 西元一九六六

古寺聞鐘 淡北吟社掄元

歲深蘭若幾滄桑，一樣聲敲異景陽。側耳無端思飯後，山僧心事太炎涼。

蒲觴 丙午端陽全國詩人大會

醉飲天中劍欲橫，澧蘭沅芷共揚清。劉寬未許靈均辱，湘水招魂藉一觥。

秋日垂釣 淡北吟社秋季擊缽祝社友江夢花全國詩人大會掄元

月白風清轉玉輪，輕絲香餌寄吟身。酒酣黃菊方思蟹，水染丹楓正躍鱗。
絕世雄才徵渭岸，一竿壯志託湘濱。桂花樹下攀花客，底事臨淵作隱淪。

淡江疏雨 淡北吟社

幾聲鳩喚過郊坰，極目空濛景渺溟。關渡帆飛侵水綠，大屯雲壓失山青。
釣非姜尚孤舟濕，韵入張徽一曲聽。偶向中興橋上望，廉纖彷彿秣陵經。

敬和灩泉先生書道講習班結訓有感瑤韻[15]

門牆數仞得窺時，燕瘦環肥盡可知。價貴洛陽箋似玉，名揚泗水口皆碑。
八行委曲傾心久，一字森嚴下筆遲。莫怪花開桃李豔，春風化雨澤恩施。

15.編者按：《詩文之友》二十五卷五期所刊詩題為〈同右〉，即陳進東〈敬和灩泉兄書道講習班結訓有感瑤韻〉，編者依照作者輩分，代擬詩題為〈敬和灩泉先生書道講習班結訓有感瑤韻〉。

附：羅東書道講習班結訓有感

康灩泉

伴寫評書廿四時，分明八法自全知。傾囊選讀南朝史，立案窮研北魏碑。
勁力筆頭原貴熟，搥胸畫掌莫嫌遲。企看他日花盈縣，盡是諸公雨露施。

附：敬和灩泉兄書道講習班結訓有感瑤韻

陳進東

鍛鍊知兄自少時，老來筆法更深知。聲名早播東南亞，風韻遙探漢魏碑。
肥瘦咸宜誇盡美，縱橫寡匹興偏遲。而今到處尊師德，桃李欣沾雨露施。

洗　筆

淡北吟社

染翰濯池隅，評妍憶董狐。銀河憑倒水，班管懶披圖。
吞墨懷湘浦，生花賦郢都。塵心如兎穎，同滌借西湖。

蘭東聽雨　宜蘭縣聯吟大會

梧桐疏滴夢初驚，憶昨重陽洒滿城。漠漠冬山雲又致，瀟瀟二結路難行。
歸心蜀道悲為曲，入耳周郊話洗兵。聖母院邊秋霢霂，倚欄休觸小樓情。

民國五十六年　西元一九六七

野柳探勝　淡北吟社

日光岩畔駐吟鞭，訪景人來感百千。仙女鞋尋留艷跡，王妃頭望憶華年。
逍遙山水頻舒眼，領略風塵暫息肩。野店漁村何處好，潮音亭角夕陽天。

射　虎　頭城登瀛吟社課題掄元

興逐元宵不禁城，風騷謎會寄猜情。胸中莫擬錢王弩，一字思潮未可平。

詩鐘「雪嶺」蟬聯格　頭城登瀛吟社

郢上才華歌白雪，嶺頭春色報紅梅。

觀漁　宜蘭縣聯吟大會

浮家結網浪初平，隔岸江干入眼明。若道靜看能自得，臨淵奚必羨魚情。

秋夜聽雨　淡北吟社

山色空濛外，江聲入耳多。歸秦聞作曲，釣渭坐披蓑。
葉落初攲枕，珠跳又滴荷。涼宵詩客夢，淅瀝感如何。

寄家書　淡北吟社

平安莫寄寄相思，千里難忘是別離。堪抵萬金惟寸楮，雲天望斷雁來時。

對月　宜蘭縣政府主辦丁未年瀛東聯吟大會

成三邀飲豁吟懷，團影宵深照玉階。莫動離情羈客思，舉頭一望感天涯。

謁國父銅像　臺北市立圖書館主辦紀念國父誕辰臺北市詩人聯吟大會

消除帝制起荒蕪，絕世功勳壯版圖。白日餘暉權五立，光華大業創先驅。
遺容瞻仰心何烈，革命追懷志不辜。還我河山同慶祝，黃金合鑄武昌都。

霜鋒　淡北吟社掄元

玉樓肩聳凍難忘，似帶刀風刺骨鋩。老氣橫秋同雪白，傲枝搖影憶花黃。
寒聲窗下侵膚銳，行跡橋邊去路長。月落烏啼天又冷，敲砧誰耐水雲鄉。

計程車　淡北吟社掄元

聲訝雷霆響邇遐，奔騰莫認五雲車。指彈萬里常山路，折數應知總不差。

秋日遊梅花湖　羅東東明吟社主辦丁未宜蘭縣秋季聯吟大會

覽勝人來爪印鴻，飛霜萬點正凋楓。群山路遠羊腸外，一水波搖雁字中。
赤壁遨遊懷既望，洞庭彷彿慨無窮。何當載酒湖心去，賞共梅花坐短篷。

梅花湖垂釣　羅東東明吟社主辦丁未宜蘭縣秋季聯吟大會

月點波心翠接天，一竿生計樂忘年。奈他湖水梅花冷，熊夢何須羨渭川。

民國五十七年　西元一九六八

陳詞長進東蟬聯宜蘭縣長喜賦　宜蘭縣聯吟會

酒沾慶讌句探驪，宰肉能均尚品題。花縣政非彰驥尾，琴堂印又認鴻泥。
卅年抳雅為詩客，百里聞聲惠庶黎。令使賣刀犢遂擬，蘭陽重治望雲霓。

松濤　宜蘭縣聯吟會

參天翠幹曳龍姿，萬頃如聽撼海涯。怪底寒聲風浪急，大夫亦有不平時。

夏日謁彌陀寺　消夏雅集

來參蘭若客停驄，寶殿巍峨壯大雄。禪諦蘇髯塵慮淨，醉吟陶令俗情同。
泥沾屐齒梅催雨，浪起山腰麥捲風。向晚鐘飄屯嶺外，教人深省一聲中。

荷錢　消夏雅集

點溪葉葉疊初成，莫可醫貧感慨生。萬選任他同化蝶，不談夷甫傲山荊。

瓶菊　鯤南七縣市秋季聯吟大會

琉璃斜插水盈餘，未解傲霜蕊自舒。莫厭案頭秋色減，賞同三徑月明初。

快園觀竹　台南快園歡迎台北花蓮諸吟友擊缽

不盡松梅契友三，相逢君子且傾談。快園若作淇園賞，一樣猗猗翠影涵。

快園觀竹　台南快園歡迎台北花蓮諸吟友擊缽

一日無君俗不堪，快園偶賞且停驂。平生未有中郎識，辜負柯亭亦自慙。

謹次長流先生七十自述瑤韻

四知聲譽卓優哉，鶴算頻添第幾回。小助詩情沽酒去，多藏春色買花栽。
身閒杖履時行樂，膝繞兒孫影共陪。他日古稀雙再慶，登堂獻頌客重來。

紀念國父誕辰紀念雅集　台北市戊申年詩人聯吟大會

武昌起義勢縱橫，帝制推翻為不平。烈士壯懷追革命，騷人豪氣憶同盟。
襟題漢水千秋事，志滅清廷一世名。總待王師恢國土，裁詩下拜石頭城。

驅蠹　台北市戊申年詩人聯吟大會

貪蝕詩書感不窮，芸香驅滅費吟衷。腹中別有神仙字，未許蟫魚與蠹蟲。

民國五十八年　西元一九六九

烈士血　己酉全國詩人聯吟會

一寸江山百戰圖，英雄草昧豈區區。丹心留得斑痕在，化碧黃花七二軀。

瀛東初夏　蓮社課題

嘒嘒新蟬唱晚煙，落花流水最堪憐。海東暑氣人方覺，窗北涼陰榻未遷。
扇用蒲葵纔出篋，樹頹楊柳已無棉。曉鐘斜月天祥路，一挹南薰作客先。

慶祝美記開幕　祝沈桂川書畫室開幕

聯歡詞客駐星軺，美記牌懸慶此朝。句鬬騷壇才吐鳳，聲揚藝苑技非鵰。
堆箋橫筆秋霜厲，拓業持籌旭日昭。卅載商場生意盛，陶朱致富首同翹。

題　扇　蓮社課題

書愛唐飛白，齊紈慰寂寥。流螢階下撲，凡鳥筆中描。
懷袖君恩重，留詩客興饒。秋風休寫恨，團共月明宵。

圓山謁忠烈祠　《己酉端午詩集》

俎豆春秋盛，英靈舉國欽。江山濡碧血，日月照丹心。
一死垂千古，孤忠值萬金。壯懷追往事，義比劍潭深。

讀離騷《己酉端午詩集》

傷心無限感離憂，讀罷騷經涕泗流。不盡美人芳草怨，千秋汨水共悠悠。

敬和竹峰詞長七十書懷原玉

樂比神仙笑語回，如梭歲月漫相催。蒼松翠竹甘同骨，野店荒村好訪梅。
膽怯風雲經世亂，心先草木識春來。百篇斗酒詩情逸，萬念俱存莫付灰。
步履春風處處宜，桑榆好景晚來窺。文章擲地聲千里，蘭桂循階馥四時。
北部雲山勞想望，東臺騷雅仗扶持。門前長者曾停轍，一片閒情寄海湄。
優遊物外樂忘年，掃石林泉夕照天。青鬢朱顏愁易改，春花秋月喜長妍。
人情似水交宜淡，世態猶雲醉獨眠。莫擾吟懷蟲唧唧，夜深如語落窗邊。
簾外花間鳥語聲，行年七十淡功名。得妻陶令心同志，送友汪淪水比情。
促膝談詩新雨契，舉杯縱酒夜燈明。書懷詠景江湖思，飛動才含句老成。

紀念國父毋忘反攻大陸　臺北市詩人聯吟會

在莒身同感靡涯，河山收復願非賒。丹心應效摧清室，赤膽寧忘固漢家。
投筆從戎思伐暴，枕戈達旦誓驅邪。誕辰懷念恢中土，待飲金陵醉紫霞。

民國五十九年　西元一九七〇

洋和尚　澹社

錫杖芒鞋道仰東，菩提無樹與身同。聖經不若金經好，一悟浮圖色相空。

溪居　蓮社課題

石上清風澗底濤，安瀾一賦息塵勞[16]。浣花杜甫情偏逸，七里嚴光意自陶。
水潔茶烹分小杓，月明菱採泛輕舠。武陵怕引漁郎至，屋畔牆邊不種桃。

16.入選《台灣擊鉢詩選第三集》，集中第二句作「安閒一賦息塵勞」。

秋山　蓮社課題

小徑雲迷去路賒，踏翻梧葉採樵家。眉痕青掃渾齊魯，零落西風感歲華。

華江橋遠眺　高山文社

放眼華江興轉濃，風光無減豁心胸。倚窗難擬陶元亮，對酒渾如阮嗣宗。
關渡水遙明鏡夾，觀音目極白雲封。層樓未上看應倦，寺外龍山聽暮鐘。

探菊　高山文社

節過重陽訪艷姿，東籬霜傲一枝枝。名花不合西風老，寄語陶潛擷莫遲。

槐陰消夏　澹社高山文社松社課題

嘒嘒新蟬向夕鳴，植三堂外影搖清。藕絲未雪心同淨，蒲扇停揮手亦輕。
夾道涼回無暑氣，薰風慍解有歌聲。路傍多少趨炎客，倚樹沉吟不識情。

江城消夏[17]　澹社

追涼閒步影相偕，雉堞巍巍碧水涯。吹到落梅花正好，炎消五月爽吟懷。

吟　味　澹社課題

鼎鼐調梅意可珍，枯腸苦索老吟身。池塘春草鷄林句，淡雅文章別有辛。

落帽風　澹社課題

打頭莫漫說紛紛，短髮冠吹感萬分。燹火龍山登不得，烏紗何地效參軍。

17. 刊於《詩文之友》三十三卷一期，首次出現作者署名「李莫月娥」，應係新婚後之作。

民國六十二年　西元一九七三

背立美人　蓮社課題

春山未見畫眉濃，知是娉婷絕世容。避得桃花紅映面，怕他騷客為情鍾。

歡迎第二屆世界詩人大會誌盛　中華民國詩社聯合社

會開二屆正初冬，寰宇騷人此地逢。四海情同兄弟翕，一家意共主賓濃。
詩追工部珠璣唾，句逸參軍錦繡胸。吟幟飄飄才濟濟，尼山道統貴中庸。

民國六十五年　西元一九七六

荷錢　澹竹蓮三社聯吟

點溪疊疊雨初添，風動香飄半入簾。難得一池青萬選，情同飲馬效清廉。

珠璧吟　澹社陳鏡波先生次公子燿東君吉席

三生石上締良緣，潔白無瑕玉比妍。好結朱村新歲月，完畈趙國舊山川。百年願許雙棲老，一線心堅九曲穿。臘鼓聲中情縷縷，鴛鴦但羨勝神仙。

民國六十七年　西元一九七八

流觴　澹竹蓮三社聯吟

佳辰美酒共鷗盟，漫說投鞭醉一觥。況是蘭亭同雅集，杯隨曲水盪詩情。

詩鐘「夢園」蟬聯格　澹竹蓮三社聯吟

枕上黃粱添好夢，園中金谷集群芳。

民國七十一年　西元一九八二

天祥大樓春望　澹竹蓮三社聯吟

煙籠淡水夕陽村，草綠離離眼底存。國破山河臣子淚，筵開詩酒故人恩。
幾番訊息增春色，一代忠良出孝門。目斷樓頭情浩蕩，名傳正氣動天閽。

民國七十六年　西元一九八七

讀離騷　中華民國傳統詩學會主辦丁卯詩人節全國聯吟大會

愛國詩人本不偏，香飄蘭芷覽遺篇。未看漁父心先碎，進諫懷王意太堅。
攤卷離憂情刻骨，挑燈伴閱緒如煙。誰堪烽火湘江隔，誦罷招魂欲問天。

敬和竹峰詞長八八書懷瑤韻

行踪到處樂悠悠，百歲壽增福慧修。骨比蒼松寒雪傲，節堅黃菊晚香留。
名山他日傳佳作，勝友如雲憶舊遊，海屋添籌詩獻頌，品高格好氣横秋。
奇花異木倚雲栽，富貴人生念肯灰。環境隨心無不欲，閒林倦鳥又歸來。
樂天豈獨知天命。處世常須濟世才。家有好兒佳話在，壽徵菊酒醉千杯。

塹城秋集

澹竹蓮三社聯吟

城隍廟近路相連，鴻爪痕泥聚偶然。促膝詩談唐杜甫，傾心語及漢張騫。
孤舟歸憶蒓鱸味，東閣來尋翰墨緣。情若竹風情更盛，舉杯邀飲醉籬邊。

民國七十七年　西元一九八八

陽明山記遊　《天籟詩集》

無限風光二月中，山涵翠色雨濛濛。鵑紅櫻老陽明道，一樣看花感不同。

靜　夜[18]　《天籟詩集》

蟾光桂影夜遲遲，獨倚欄干有所思。為奉高堂全子職，自嗟生不是男兒。

歲暮書懷　瀛竹蓮三社聯吟

一年終盡感難言，翰墨重尋舊日恩。臘鼓有聲留暮影，梅花鬥雪放孤村。才誇壇坫雄詞藻，香溢庭階擁子孫。橘綠橙黃餘晚景，毋須世外覓桃源。

18.《天籟吟社九十週年紀念集》另收錄〈述懷〉：「沉沉夜幕已低垂，且倚欄干有所思。爲奉高堂全子責，自嗟生不是男兒。」見本書第一七九頁。

民國七十八年　西元一九八九

春宴迎賓　澹竹蓮三社春季聯吟歡迎陳進雄先生伉儷

宴開桃李醉芳園，暢飲聯歡酒幾樽。主客毋分胸浩蕩，英雄且論語頻繁。
千傾知己杯嫌少，共迓佳賓歲復元。得意春風人日好，神仙莫羨儷情溫。

瀛社八十週年社慶誌慶

花同生日慶，濟濟集詩朋。酒把無虛席，才傾作準繩。
三千趨屐履，八十頌崗陵。仰止歸瀛社，騷壇重股肱。

花朝雨　瀛社八十週年社慶全國詩人聯吟大會

小樓聽罷一聲聲，慶祝群芳此日生。憐惜胭脂防褪色，催詩且莫似盆傾[19]。

19. 第四句依據手稿，另刊《中國詩文之友》409期，第四句作「催詩欲乞莫盆傾」；另刊《大雅天籟：莫月娥古典詩吟唱專輯》，第一句作「小樓如聽一聲聲」。

則誠詞長千古

大新吟社林則誠社長

七十餘年夢一場，詩名早已播芳香。繁華幻醒來時路，天上人間認故鄉。

待新涼

澹竹蓮三社聯吟

天街夜色望初添，秋訊如何又捲簾。盼得西風吹一陣，不勞團扇自消炎。

待新涼

澹竹蓮三社聯吟

朝朝盼望在消炎，秋水長天一色添。乍見梧桐飄落葉，期除苦熱鎖眉尖。

花蓮好

澹竹蓮三社聯吟

不寒不熱海東邊，四季如春別有天。氣爽新城揚缽韻，風高舊港締詩緣。民情純樸無貧富，土地肥饒盡陌阡。最是騷壇名士輩，安通泉滌暖知先。

蓮社三十四週年社慶

澹竹蓮三社聯吟

吟聯三社氣沖霓，卅四情交似阮嵇。慶祝東臺同聚首，詩成奪錦把糕題。

南屯懷古

台中市文昌公廟紀念國父誕辰全國詩人大會

思潮滾滾湧心田，水滿梨江映碧天。烏日近鄰沾雨露，東山往事過雲煙。
街衢轉眼皆新貌，文字知音續舊緣。追憶萬和宮外望，神威顯赫似當年。

登雞籠山懷古

雞籠山上話金藏，往事如煙感不疆。菊正花開思虎爪，峰迴路狹入羊腸。
景非重九風雲際，業憶瑞三歲月長。樓閣摩天歌未絕，追同香港舊歡場。

民國七十九年　西元一九九〇

春　酒　澹竹蓮三社聯吟

醉鄉路隱樂無窮，淺酒深斟二月中。大塊文章容我輩，談詩暢飲狀元紅。

詩人節懷沈文開　中華民國傳統詩學會庚午全國詩人大會

文化東吟憶，雄黃染醉酡。詩風存社稷，書院壯山河。
愛國長相媿，忠心更不阿。懷沙與芳草，一樣萬年歌。

詩人節慶祝李登輝總統李元簇副總統就職

歡騰全國喜心歸，局創和諧仰德輝。慶祝騷人猶雀躍，謳歌薄海擁龍飛。
政施雙李朝民意，譽媲三皇鞏帝畿。一統河山知不遠，卿雲爛縵見天威。

閏端陽

澹竹蓮三社聯吟掄元

重拋角黍楚江濱，再詠蘭香憶美人。別有詩情難抑住，一年兩度弔孤臣。

閏端陽

澹竹蓮三社聯吟

續命絲長再繫身，依然佳節慶詩人。不同只是湘江上，未見龍舟弔楚臣。

訪菊

澹竹蓮三社聯吟

平安料想菊初開，金色籬邊探幾回。為問秋涼花近況，拋官豈惜賦歸來。

母恩

澹竹蓮三社聯吟

含苦茹辛歲月更，山高何以報親生。慈顏欲養光陰老，德澤常披草木榮。
杖泣萱堂憐弱質，字留荻筆記深情。可知遊子衣中線，浩蕩牽隨萬里程。

民國八十年　西元一九九一

推廣米食　臺灣省糧食局徵詩佳作

珍珠炊婦巧千般，推廣多方力不殫。荷葉香清堪裹食，竹筒味雅勸加餐。
聞名濁水粳兼秫，飽飯蓬萊庶與官。寄語崇洋青少輩，莫饕漢堡卻飧盤。

慶祝建國八十週年　慶祝建國八十週年全國詩人聯吟大會

白日青天正氣揚，推翻清滿復炎黃。聯吟有鉢催蓬島，革命捐軀憶武昌。
舉國歡呼齡八秩，全民仰賴黨中央。血流換取山河麗，一統和諧莫鬩牆。

民國八十一年　西元一九九二

訪詩友新居　澹竹蓮三社聯吟

爐香裊裊雜書香，墨客嘉賓聚一堂。羨煞潁川才氣溢，美臻輪奐合稱觴。

訪詩友新居

澹竹蓮三社聯吟

喬遷輪奐客盈堂，百尺同登笑語長。別有好兒聲望在，合稱龍鳳兆禎祥。

附：訪詩友新居

主人擬作　陳俊儒

欣蒙大雅蒞寒堂，蓬蓽生輝喜欲狂。倒屣迎逢風雨日，故人來合醉千觴。

推廣米食

臺灣省糧食局徵詩第三名

多勞主婦巧炊工，粳秫無分雅味同。舌底寧忘香粒粒，眉端尚見樂融融。

加餐一語情偏重，飽飯終朝歲又豐。脫粟不遺身獨健，何須速食逐西風。

附：推廣米食

臺灣省糧食局徵詩第一名　羅　尚

玉粲飄香萬戶同，多年糧政建奇功。盈倉足食民心喜，鼓腹謳歌國運隆。

精熟蓬萊能益壽，裹蒸角黍為褒忠。盤飧粒粒皆辛苦，感謝農耕與上穹。

瑞芳詩學研究會成立誌盛

鏵韻悠悠賴啟蒙，瑞芳詩盛世推崇。幾人步學庭趨鯉，各地朋來爪印鴻。
任負兩肩頻扢雅，薪傳一手挽頹風。祇教絳帳吟聲在，麟獲毋須嘆道窮。

瑞芳國小禮堂落成誌慶

童稚薰陶勝出金，禮堂輪奐惠儒林。適逢聖誕騷人萃，祝頌歌賡泗水琴。

敬和竹峰詞長壬申冬日瑤韻

暮雲飛彩正呈妍，句作金聲遠地傳。雪冷吟情同俊逸，橙黃佳景最留連。
消閒雙履行猶健，博覽群書仰獨賢。一盞爐邊寒意卻，酒溫茶熱樂陶然。

反賄選　中華民國傳統詩學會

端正民心賂拒錢，攸關社會必需賢。陸游愛國長為範，楊震廉風久可傳。
立法選能憑一票，和諧問政繫雙肩。最宜阿堵君辭受，神聖應珍掌上權。

民國八十二年　西元一九九三

陳槐庭詞長八秩

壯志雄心老益堅，慶逢八十啓華筵。健身合享南山壽，閱事無憂陸地仙。
詩酒論交情似海，春秋添算福齊天。好兒美譽門庭貴，收得桑榆樂晚年。

緬懷郭汾陽　基隆市詩學會

亂平安史姓名揚，誓死忠精保大唐。尚父尊稱勳蓋世，阿翁癡作福盈堂。
率兵威震追靈武，望雨情殷憶朔方。收復兩京天下定，中興功最數汾陽。

敬步竹峰詞長癸酉春日偶成

得氣欣欣草木榮，嬌聲柔語悅黃鶯。郊坰景繫雙柑興，壇坫詩聯舊雨情。
別有書香飄室內，管他柳暗或花明。繁華到眼雲煙薄，清淨無心逐利名。

和陳竹峰詞長癸酉初夏

一枕羲皇樂可知，番風廿四送如期。懷中萱草長無恙，眼底榴花待放時。
日漸困人雲若火，陰多匝地樹添枝。涼生心靜渾忘暑，展卷窗前讀古詩。

敬步竹峰詞長癸酉新秋偶吟原玉

質非蒲柳未先凋，霞鶩齊飛景若描。鬢染霜如詩骨傲，風吹葉掃火雲消。
露從今白鉤人憶，蓴美無雙覺路遙。把酒一杯期就菊，樓高豪氣欲凌霄。

基隆市文化中心創立八周年誌慶

基隆詩學會全國詩人聯吟

八載耕耘歷苦辛，層層建設惠黎民。無邊智慧承先哲，用盡心思啟後人。
鄉土有情文物盛，港都特色俗風淳。會開樓上詩聲壯，藝術宣揚創局新。

北臺鎖鑰

基隆詩學會全國詩人聯吟

一水咽喉地，和平更可親。漁船波浪急，戰火砲臺陳。
雨港聞今古，蜃樓幻假真。心扉同未啟，感觸寄基津。

全民掃毒

中華民國傳統詩學會

戕害心身海洛英，人人有責阻登瀛。濁清須認休麻醉，紅白排除起共鳴。
救國救民強教化，禁煙禁毒護群生。則徐遺訓今猶在，可作消安不世名。

民國八十三年　西元一九九四

茗談　鼎社聯吟

品味經文共溯源，烏龍凍頂最堪言。任他鐵鑰千重固，不鎖茶香滿海門。

金景山謁宗聖宮　台灣民俗村全國徵詩

宮參宗聖勢崔嵬，風俗民情集錦來。濁世幾人心學古，立碑每字誌開臺。
神威八卦霑恩澤，峽浪千層靖劫灰。燭影春秋書一部，志堅冰雪節如梅。

尋梅　澹竹蘆三社聯吟

羅浮猶夢醉同曹，索笑人來感二毛。風雪應憐驢背苦，暗香一段引詩豪。

尋梅　澹竹蘆三社聯吟

雪裏爭春任貶褒，巡簷一例不辭勞。無須鐵破雙鞋覓，月下香聞影未逃。

明湖國小卅八週年慶謁開林寺

彰化縣國學研究會成立十週年誌慶

欣逢校慶扣禪扃，培育英才適學齡。卅八年來長化雨，鐸聲和磬淨心靈。

民國八十四年　西元一九九五

敬和陳竹峰詞長乙亥元旦試筆

春風得意遂初忱，善養童顏不老心。筆可生花開爛漫，詩能延壽且沉吟。

盈門淑氣歡無極，飽味辛盤喜莫禁。摯友兩三東岸路，天祥太魯約重臨。

燈節話基津

基隆市詩學會

兩都名著北台灣，促膝元宵一日閒。口沫橫飛談黌港，心花怒放說鰲山。

藝文猜謎思潮湧，詩酒言歡淑氣還。不夜海門開鎖鑰，光輝照耀大刀環。

小登科　陳俊儒三男陳潁源與劉美芳婚禮

佳人才子慶完婚，喜似金鑾試中元。甜入心房斟合巹，淺拖眉黛畫留痕。
相看流水懷題葉，共守情天種愛根。琴瑟和鳴花燭夜，紫園酒縱話隨園。

人花競豔　陳俊儒三男陳潁源與劉美芳婚禮

眉黛春風鏡裡描，好將人面比桃嬌。芳心贏得才郎賞，蘭質無輸彷二喬。

人花競豔　陳俊儒三男陳潁源與劉美芳婚禮

國色天香態比嬌，含苞欲放露初消。桃紅卻遜春風面，一笑梨渦美似描。

天開霽色好吟詩[20]

澹竹蘆三社聯吟掄元

二月情懷記艷時，天開霽色好吟詩。清新畫託王摩詰，惆悵春尋杜牧之。
耳畔聲多聞喜鵲，眼中句麗欲探驪。踏青學得風騷客，斗酒雙柑到處隨。

天開霽色好吟詩

澹竹蘆三社聯吟

天開霽色好吟詩，蘆竹聯盟酒滿卮。樑上巢營歸舊燕，枝頭風暖喚新鸝。
郊坰晴放雲蹤杳，花檻香盈日影移。護得海棠春睡足，緣章夜奏費多時。

古來聖賢皆寂寞

壽峰詩社全國詩人聯吟大會

瑰意超然孰可量，含悲比比志難揚。離群羞與藩邊鷃，守節愁牽塞上羊。
陋巷貧居形對影，名山業就史留香。肯隨草木消聲跡，八百乾坤一釣璜。

20. 手稿另題作〈春遊〉。

愛河弔屈　壽峰詩社全國詩人聯吟大會

蘭芷騷人詠，千秋氣不凡。褒忠憑角黍，灑淚濕輕衫。
漁父情何摯，楚王語信讒。愛河今剪紙，恨共楚湘銜。

敬和閩侯陳子惠先生八十述懷

壎篪聲應快吟身，福辱誰能望及塵。滿院花香人不俗，一番鄉語土俱親。
詩書遺興渾忘老，富貴由天莫說貧。八秩欣逢觴祝嘏，愧無佳句和陽春。

金瓜石觀光展望　瑞芳鎮詩學會勸濟堂建堂百週年詩人聯吟大會

斜坡索道蹟猶彰，繫缽同登勸濟堂。埤尾景參人絡繹，鼻頭塔引客徜徉。
金淘歲月無留白，海瞰陰陽半染黃。勝地延連東北角，將來富可拓觀光。

飛躍五十年邁向廿一世紀

南投縣詩易經學會慶祝台灣光復五十周年全國詩人聯吟大會

策從農業轉商工，經濟繁榮氣似虹。不愧龍傳原有種，未曾蠖屈建奇功。民生富裕悠閒外，科技栽培奮鬥中。處變圖強臻半紀，排難去患駕長風。九年教育心思正，一貫精神國運隆。跨越二千新創舉，入關貿易待稱雄。

南投縣詩易經學會成立展望

南投縣詩易經學會慶祝台灣光復五十周年全國詩人聯吟大會

揣摩雅頌與歸藏，凝聚人才國粹揚。藝苑毋愁薪熄火，騷風捲起字生香。專精卦象參天地，研習經文入室堂。他日省垣吟詠盛，祇因種播竹山旁。

台灣歷史文化園區文獻展望

南投縣詩易經學會慶祝台灣光復五十周年全國詩人聯吟大會

光輝史蹟誌台灣，編纂先民血淚斑。五大毋忘詩一頁，留將不朽在人間。

台灣光復五十週年誌慶

高雄市詩書畫學會全國詩人聯吟大會

莫道蓬壺一小洲，歸還國土展宏猷。人心好古衣冠漢，政令維新禮樂周。
開發資源誇寶島，繁榮經濟邁神州。盟鷗咸集英雄館，齊慶重光五十秋。

八方騷客會貂山

貂山吟社主辦台灣東北六縣市擴大全國詩人聯吟大會

際會貂山雅興增，詩吟骨瘦耐霜凌。筆橫高閣追王勃，才溢三江說杜陵。
東北吟聯憑做主，西南契結廣邀朋。風雲湧向雙溪入，句琢雕龍榜待登。

重九前登貂嶺

貂山吟社主辦台灣東北六縣市擴大全國詩人聯吟大會

載筆重陽節未來，三貂嶺上志崔嵬。風無落帽萸奚插，捷足先躋不避災。

全民自主維護主權與國格

鯤瀛吟社全國詩人聯吟大會

龍蟠經濟四稱雄，鞏固中華體認同。不若殖民操在我，未容政客假為公。
禮循上國推臺北，力拓前程冠遠東。骨傲梅花天下識，人人權握創奇功。

台南科學園區展望　鯤瀛吟社全國詩人聯吟大會

科技尖端共究研，人才凝聚創南天。吸收資訊全方位，電子精微賴領先。

敬和呂碧銓詞長六六書懷原玉

書香韻味繞身邊，伉儷情深月復年。六六光陰驚似箭，雙雙形影並如蓮。
輪扶大雅傾心助，壽獻南山寄意綿。筆欲凌雲胸錦麗，騷壇孰可媲才賢。

待冬至　澹竹蘆三社聯吟掄元

蒹葭六管俟飛灰，客思迢迢久未催。比似倚門慈母急，搓圓情景上心來。

待冬至　澹竹蘆三社聯吟

屈指陽生幾日來，情隨佳節逐顏開。無端景憶搓圓夜，一線愁添歲月催。

花苑尋詩 澹竹蘆三社聯吟

眾香園裡慨如何，引興端憑五字羅。別有芬芳擕滿袖，勝他驢背寄吟哦。

花苑尋詩 澹竹蘆三社聯吟

小園春色醉吟哦，覓句情般鬢欲皤。絕好偎香還倚翠，風流艷事記無多。

民國八十五年 西元一九九六

柳眼 澹竹蘆三社聯吟

千絲萬縷拂風輕，慧識英雄博好評。為報垂青春色媚，瞬間眉睫也傳情。

柳眼 澹竹蘆三社聯吟

長堤十里媚波生，不識離愁不淚傾。攀折無心休怒目，青垂少婦動閨情。

留春 澹竹蘆三社聯吟掄元

景借韶華九十除，東皇且挽未躊躇。詩人費盡回天力，投轄攀轅嘆不如。

留春 澹竹蘆三社聯吟

捲上珠簾景不如，韶華難再恨權輿。盤桓只愛東皇駐，投轄情般莫笑余。

船仔頭藝術村展望 嘉義縣文藝季全國聯吟

文藝新村著手培，漁聲缽韻響如雷。無須景羨桃源美，重整牛溪勝地來。

詩人節大龍國小雅集 中華民國傳統詩學會

愛國詩心壯，風騷共扢揚。八叉雄筆陣，百仞仰宮牆。
鐸振桃苗育，情溫艾葉香。楚歌歌不輟，黌內響鏗鏘。

卦嶺薰風

丙子端陽中部五縣市詩人聯吟大會

南窗寄傲誰堪擬，八卦優游自不凡。迎面最宜歌解慍，打頭未見送歸帆。
輕吹挹共槐陰蔚，微拂涼教竹影銜。帶得端陽詩弔屈，清盈兩袖淚盈衫。

林下聽蟬

丙子端陽中部五縣市詩人聯吟大會

槐陰乍噪夕陽間，格調高清未可攀。側耳無端悲異客，一聲難擬唱刀環。

夏日曹溪覽勝

端午後頭城九股山雅集

影拖箬笠入雲鄉，景探曹溪謁聖王。水自潺潺蟬嘒嘒，詩心沁透綠茶香。

愛護國土美化人生

宣平宮醒覺堂五十週年

大國詩風振，聯吟氣勢龐。宮庭群鳥跡，潭影釣魚艭。
啖蔗甘留景，親鄉共保邦。道經參一卷，醒覺坐禪窗。

鑿詩　壽峰詩社高雄市詩書畫會合辦丙子高雄全國詩人大會

島瘦郊寒且莫提，騷壇筆戰氣如霓。長城五字嘔心築，句鬥憑誰首肯低。

菊月懸弧慶杖朝　澹社竹社蘆社栗社聯吟慶祝范根燦先生八秩華誕

蘭桂芬芳播滿庭，壽添南極映輝星。騷壇情篤苔岑契，蔗境甘存歲月經。
遍地金鋪花不老，得天氣足樹長青。杖朝詩頌筵開日，富並陶朱鶴並齡。

文風化俗　苗栗栗社重興全國詩人大會

消除暴戾去蠻橫，社會祥和一片清。經史不亡詩不滅，藉他醒世淨心旌。

民國八十六年　西元一九九七

敬步陳竹峰詞長丁丑元旦試筆[21]

喜報春光九十回，園花林鳥湧心來。門迎淑氣青山外，柳拂和風碧水隈。
浩蕩吟情隨處繫，嶄新意景藉推開。無邊溫暖詩中味，播送枝頭欲放梅。

敬步竹峰詞長九八書懷

九八深期再次登，精神矍鑠日華升。筆橫天地閒為詠，詩契風騷誼倍增。
寫景何曾煩句覓，思懷不斷若波興。吟壇缽韻聲聲響，如祝壽添並阜陵。
詩吟蓮社契清流，霜雪任他白染頭。山水寄情情未了，風騷寫意意還留。
志雄肯與籬邊鷃，閒狎仍同海上鷗。世界猶如藏一粟，環遊不怕願難酬。

21. 手抄稿原題係〈敬步陳竹峰詞長〉，編者參考《台灣古典詩擊缽雙月刊》第十八期〈陳竹峰唱和錄〉補足詩題為〈敬步陳竹峰詞長丁丑元旦試筆〉。

元宵吟詠賽雞籠

基隆市詩學會

火樹銀花燦九閽，會開雨港勝雲門。悠揚頓挫施喉韻，嘹喨高低動耳根。歌調不如詩調好，人潮卻似海潮掀。憑誰局創雙贏面，唱作俱佳仔細論。

詩僧

澹竹蘆三社聯吟掄元

曾向騷壇百戰酣，如今托缽去嗔貪。菩提無樹心猶鏡，五字逢場脫口談。

詩僧

澹竹蘆三社聯吟

暮鼓晨鐘佛法參，才推李杜總無慚。此身已是袈裟著，寧忘關雎雅意含。

瑞芳詩學研究會創立八週年誌慶[22]

丁丑年青年節詩人聯吟大會

缽鐸聲聲盡口碑，八年心力為興詩。義申絳帳春如座，句引長城雨化時。
純樸不忘風雅頌，率真最愛漢唐隋。縱橫九份吟哦盛，合慶關西導有師。

薪火相傳

丁丑年青年節詩人聯吟大會

承先啟後遞星星，趨步奎山續鯉庭。縱似燎原燃一點，詩風吹焰遍鯤溟。

女縣長

呂秀蓮當選桃園縣長

勝負侯爭百里封，鬚眉不讓氣橫縱。桃園正好花開盛，權握丈夫未肯容。

22.依據《奎山新詠》（1995）陳兆康序文及楊阿本序文，一九八九年成立瑞芳鎮詩學班，一九九二年創立瑞芳鎮詩學會立案，所以本次詩題所謂「瑞芳詩學研究會創立八週年誌慶」，實自一九八九年瑞芳鎮詩學班起算。

女縣長　呂秀蓮當選桃園縣長

愛民如子政推宗，紅粉無輸竹在胸。他日名成賢令尹，好栽桃樹駐花容。

待梅雨　澹竹蘆三社聯吟

抗旱如何節水源，黃時鵲候驟傾盆。搔頭拭目情難已，滴滴雖酸不厭繁。

提倡淳風　丁丑年端陽全國詩人聯吟大會

詩人節近感離憂，化俗淨心渴望求。掃黑推行雙舉手，拒黃莫想一凝眸。
窮奢極侈聲名裂，守樸懷真道德修。寄語豪門豪飲者，澹中有味菜根留。

艾虎　丁丑年端陽全國詩人聯吟大會

肖如威勢翼添間，凜凜形成插髻鬟。莫笑負嵎空作態，端陽眈視百邪刪。

滅火消防隊[23]　澹竹蘆三社聯吟

雲梯水柱戰方生，勢燄熊熊怵目驚。寄語路人須退避，消災熄火秒分爭。

滅火消防隊　澹竹蘆三社聯吟

車馳迅速響鈴聲，救火人人勇可旌。縱使當年諸輩在，不教一炬滅秦嬴。

臺灣文化　丁丑年全國詩人聯吟大會

溯自清廷割棄捐，萬般悲苦屈強權。子稱學店膠庠替，卯緊吟聲歲月延。
鄉土有情堪啟後，騷壇無處不承先。斯庵已去詩風在，青史芬芳待筆傳。

國　力　丁丑年全國詩人聯吟大會

亞洲雄列四龍名，經濟騰飛政令清。群族不分情結合，何愁壓境有強兵。

---

23. 手稿題作〈義勇消防隊〉，下一首亦同。

世局　竹社栗社瀞社蘆竹四社聯吟

統獨紛爭節節高，危機潛伏暗潮滔。民心穩定金融固，勝卻徵兵備戰袍。

文化沙漠化綠洲　壽峰詩社四十五週年社慶

卌五勤耕播，詩風捲似濤。神奇功化朽，聲價日升高。句句採唐韻，源源振楚騷。荒區南僻地，灌溉著勳勞。

高雄市立社會教育館啟用二一週年誌慶

啟用而今已二冬，休閒教化喜心從。精神糧食歌常足，翰墨騷風興轉濃。活動跡留青老少，聯吟情篤菊蘭松。詩敲小港偏南地，唱入高峰祝壽峰。

傳統與新潮　鯤瀛全國詩人聯吟大會

不同流派不同源，新舊騷壇各執言。筆化三千藏奧妙，文推五四動頻繁。漸於律細詩追杜，羨煞才高句壓元。澎湃任他標立異，體循擊缽古門垣。

民國八十七年　西元一九九八

詩鐘「中華」一唱　中華詩學研究所創立三十周年詩鐘吟唱

華髮羞從銅鏡照，中懷鬱藉酒樽開。

詩鐘「詩學」六唱　中華詩學研究所創立三十周年詩鐘吟唱掄元

坐破青氈憐學子，翻殘黃卷誚詩人。

國慶頌　中華民國傳統詩學會全國聯吟大會

歡聲湯沸動青天，國慶於今八七年。此日黃花花更麗，當時荒地地俱妍。

旗飄檢閱軍威壯，志仰推翻帝制堅。衝破逆流雄屹立，中華締造仗群賢。

蘭潭泛棹　中華民國傳統詩學會全國聯吟大會

九畹名同水泛銀，情深送友憶汪倫。隨波上下爭迎合，愧煞中流擊楫人。

儉以養性　中華民國傳統詩學會徵詩

戒奢戒侈意堅持，吝嗇非同莫笑之。勤自源開流節用，恥他富致貨居奇。
床頭金盡心身悴，囊裡錢空骨肉離。天獨生人初本善，卻因揮霍亂階遺。

葫蘆墩圳懷古　全國詩人歌詠葫蘆墩圳聯吟大會

鑿開隧道引溪流，通事功高善策籌。群族互尊無口角，前塵若夢湧心頭。
二分分水情追昔，兩岸岸容景尚幽。獨上葫蘆墩遠望，圳存依舊認人謀。

岸裡探源　全國詩人歌詠葫蘆墩圳聯吟大會

揭開文物古塵封，岸裡根尋尚有蹤。二百年來荒拓史，碑留水利務興農。

指南宮建醮誌盛

鐘聲鉢韻響雲天，慶典敲開玉殿前。萬念心除香一縷，三冬鬢任雪雙邊。潮翻騷客連香客，才敵詩仙又酒仙。道德文章宮闕壯，指南薦藻萃群賢。

民國八十八年　西元一九九九

端正詩風　中華民國傳統詩學會

去除邪念去冥頑，大雅騷壇意莫刪。掃盡歪風扶正氣，心無偏倚志如山。

端正詩風　中華民國傳統詩學會

不偏不倚氣猶山，文教騷風化百蠻。思若無邪吟便樂，經傳可記仲尼刪。

新年展望　澹竹蘆三社聯吟

爆竹聲聲響不停，屠蘇醉飲樂忘形。人間總望財神顧，今歲籌逾去歲盈。

詩人杖　瀛社九十週年全國詩人聯吟大會次唱

一拄騷壇重，扶危力挽強。鳩形欣不噎，鶴算共稱觴。
錢挂吟情盪，箋攤鬥句長。竹笻功砥柱，九十墨餘香。

清明雨　澹竹蘆三社聯吟

禁煙憶昨感油生，祭掃紛紛若淚傾。縱使無花無酒日，沛然不減賦詩情。

塹城初夏　澹竹蘆三社聯吟

暑意方侵赤帝權，青衫圓扇備周全。溪添墨水詩添興，好寫潛園四月天。

塹城初夏

澹竹蘆三社聯吟

園懷北郭景新遷，綠柳絲絲掛眼前。怕是日長人最困，裘收扇備莫忘先。

愛國丹忱懷屈子

中華民國傳統詩學會

行吟澤畔志難伸。欲正君王不顧身。魚腹千秋留史蹟。龍舟五日弔江濱。
離騷讀罷肝腸斷。哀郢縈思涕淚頻。天若有知天亦憫。恨埋湘水念靈均。

春秋筆

中華民國傳統詩學會

嚴於斧鉞管城揮，字字褒忠又貶非。正氣多存書一部，亂臣賊子懾魂飛。

荷風送爽

澹竹蘆三社聯吟

汙泥不染玉無瑕，吹沁詩脾出水涯。覆貼池塘飢莫療，大王快矣媿何差。

荷風送爽

澹竹蘆三社聯吟

疊疊池塘綠不遮，颼飀吹颺沁無涯。若同隱士多裁服，涼透心房亂去痲。

清水寺重建卅五週年慶

林園詩社

菩提紫竹樹連林，救世持同法雨淋。卅五年華歌美奐，百千願望待追尋。
詩無珠玉虧能手，寺仰巍峨淨俗心。清水巖邊秋月夜，頌聲騰沸作龍吟。

林園詩社完成立案誌盛

不曾立案早名存，文教宣揚樹一旛。美盡東南無比擬，才高左右可逢源。
詩城筆陣吟聲壯，缽韻騷風雅誼敦。化暗為明光正大，壇壝舉足重林園。

鱟港秋吟　基隆市詩學會

音諧砧杵詠吟中，動耳聲聲樂府同。一曲天從聞古調，千層浪挾振文風。
海門響徹行雲遏，雨港涼飆鬥韻工。流水咸知詩律美，沖波激岸引來鴻。

十載詩苗繁瑞鎮　瑞芳詩學研究會創立十週年[24]

幼小無邪育，寒窗歲月分。金生傳雅韻，墨吮繼斯文。
七二賢根種，三千化雨紛。諄諄休揠助，茁壯勢凌雲。

龍虎山詩會

嘉辰參勝會，連袂樂追隨。觴咏懷何暢，娛遊意自怡。
靈山塵不染，凡世路多歧。來豈求丹藥，風光足展眉。

24. 刊於《奎山新詠第三集奎山擊鉢錄第二集合本》，依據《奎山新詠》（1995）陳兆康序文及楊阿本序文，一九八九年成立瑞芳鎮詩學班，一九九二年創立瑞芳鎮詩學會立案，所以本次詩題所謂「瑞芳詩學研究會創立十週年」，係從一九八九年瑞芳鎮詩學班起算。

江西龍虎山盛會順遊滕王閣

登滕王閣覽南昌，一水悠悠俗慮忘。興替不隨遊客感，餘霞坐賞晚來長。

冬　齊

澹竹蘆三社聯吟

晝短宵長歲暮時，晴光搖曳翠松姿。雪消灞上騎驢客，一樣溫和愛趙衰。

迎接千禧年

澹竹蘆三社聯吟

世紀西元迓二千，毒防電腦步推先。騷人祇管吟詩事，龍躍龍潛任變遷[25]。

迎接千禧年

澹竹蘆三社聯吟

紀末吟詩喜樂天，迎新倒屣各爭先[26]。千禧第一關心事，大選元良固主權。

25. 內容依據手稿。另據楊東慶提供影本，此詩另作：「世紀西元正二千，毒防電腦步推先。迎頭祇管騷風事，龍躍龍潛任變遷。」

26. 內容依據手稿。另據楊東慶提供影本，第二句另作：「迎新倒屣便爭先」。

民國八十九年　西元二〇〇〇

古蹟迎曦門

澹竹蘆三社聯吟

一詩一字記先民，三百年來墾拓辛。歌舞醉人城不夜，迎曦今日景翻新。

奕世詩聲

天籟吟社八十週年慶於松山奉天宮

礪心耿耿感由衷，矗立儒林氣似虹。曲唱清平揚雅韻，街分中北捲文風。
江山易代詩存譜，桃李盈門雨化功。任是今人拋古調，律傳不絕掠時空。

桃城采風

中華民國傳統詩學會

蘭潭一舸豁心胸，問俗探幽引興濃。聚首諸羅風雅客，情添幾尺憶臨邛。

祝蔡柏楝新婚

蕙心蘭質素稱揚，勤儉持家百代昌。雙抱歲寒松柏志，生兒成楝又成樑。

秋景　澹竹蘆三社聯吟

水自澄清葉自紅，涼飈詩思畫蘆中。敲金戛玉情長繫，再熱期添扢雅風。

秋景　澹竹蘆三社聯吟

梧桐一葉訊飄風，詩思無衰湧浪中。騷雅不容團扇棄，句雕玉露杜陵工。

臘鼓　中華民國傳統詩學會

鼕鼕乍聽夢猶疑，鼙動漁陽戰慄時。喜伴梅花寒歲末，罵曹雖好惜身危。

飲水思源　苗栗縣公館國小百年校慶聯吟大會

不曾忘本氣崔嵬，報德懷恩勝念臺。渴望館中諸弟子，溫馨點滴記師培。

民國九十年　西元二〇〇一

競　渡[27]

喧天鑼鼓賽江湄，力敵雙方志奪旗。何日三湘同弔屈，龍舟水上決雄雌。

大溪觀光　以文吟社辛巳端午全國聯吟大會

不是桃源不與儔，風光旖旎引凝眸。屐痕翠染群山秀，墨跡香添衆壑幽。
蓮寺鐘醒雲幻夢，溪園濤捲水奔流。蔣公事蹟靈長在，漫上吟懷動客愁。

書香薪傳[28]　以文吟社辛巳端午全國聯吟大會

未亡秦火賴儒生，字字芬芳一炬明。啟後承先原有種，燃燒不斷在詩城。

27.此詩刊於《天籟吟社九十週年紀念集》（2010），但在《文訊》187 期（2001）專訪中已見此詩，故編者暫列於本年度。

28.編者按：此詩之吟唱錄音收錄於《大雅天籟：莫月娥古典詩吟唱專輯》。

客至

淡竹蘆三社聯吟

座無虛席酒羸茶，笑語情超剪燭嘉。有約何來稱不速，留人畢是雨交加。

客至

淡竹蘆三社聯吟

倒屣趨迎日未斜，清樽剪韭醉煙霞。三千門下成何事，彈鋏徒增一嘆嗟。

秋訊

澹竹蘆三社聯吟

風吹炎熱已無南，颯意方驚客意惔。消息憑知梧一葉，歸來豈為徑存三。

秋訊

澹竹蘆三社聯吟

梧桐一葉落庭南，不信承恩了夢酣。畢竟人於團扇異，朱顏未老棄何甘。

員林賞秋　中華民國傳統詩學會

百果山前偶駐車，蒓香鱸美醉詩家。不因有約重陽近，攜酒騁懷訪菊花。

寒　梅　澹竹蘆三社聯吟

庾嶺孤山冷入題，能消九九最稱妻。幾番傲骨芬芳吐，堅毅心存望與齊。

湯圓味　淡竹蘆三社聯吟

一團雙手力搓揉，冬至家家俗例留。甜蜜情兼調節巧，酸鹹不用易牙儔。

湯圓味　淡竹蘆三社聯吟

卻忘辛苦只甘留，熟食方知巧手揉。難得歸家最長夜，團圓滋味潤心頭。

民國九十一年　西元二〇〇二

敬和陳輝玉詞長八八自壽元玉

欣登米壽健吟軀，骨傲梅花影照臞。偶聚敲詩揚雅韻，未曾伏櫪展雄圖。
芳盈蘭桂門前盛，步引風騷日後需。樂得悠悠閒歲月，利名到此念全無。

端午會騷人

中華民國傳統詩學會詩人大會於松山慈惠堂

浴蘭佳節萃吟儔，金母堂前跡暫留。人世幾隨波上下，宦途難卜水沉浮。
如雲才仰唐王勃，愛國情超宋陸游。朗朗詩聲飄錫口，憑誰奪錦看龍舟。

有朋自遠方來

澹竹蘆三社聯吟

剪燭開樽語正酣，悅心共友任東南。山行水涉忘勞累，祇為金蘭苦亦甘。

有朋自遠方來　澹竹蘆三社聯吟

偏勞千里動吟驂，話舊何妨醉態憨。摯友情深欣倒屣，不言跋涉總心甘。

敬祖誼親　苗栗縣彭姓宗親會創立十週年紀盛

歲歲清明祭序開，思源追遠動如雷。謙恭有訓親情繫，廉潔無貪德行培。
八百壽稱沾祖澤，二千戶越萃人才。苗中俊秀彭宗族，會慶歡聲貫耳來。

詩幟飄揚十二年[29]　瑞芳鎮詩學會壬午年教師節詩人聯吟大會

宏揚詩教捲舒中，十二星霜化育功。道繼尼山旗影立，竿頭更上振文風。

29. 依據《奎山新詠》（1995）陳兆康序文及楊阿本序文，一九八九年成立瑞芳鎮詩學班，一九九二年創立瑞芳鎮詩學會立案。然而一九九七年舉辦丁丑年青年節詩人聯吟大會，詩題爲〈瑞芳詩學研究會創立八週年誌慶〉，一九九九年慶祝研究會創立十週年，詩題爲〈十載詩苗繁瑞鎮〉，皆自一九八九年起算。如以同一標準，此次聯吟大會應係慶祝創立十三年，不知何以次唱命題爲〈詩幟飄揚十二年〉，待考。

苑裡鎮慈和宮玉皇殿慶成祈安五朝圓醮大典

祈福消災樂太平，鎮民齋戒禮精誠。五朝醮祭吟清麗，一炷香騰告大成。
玉殿祥呈龍輦駐，丹墀瑞聚虎臣迎。慈和廣建竣工日，慶典壇分七處名。

瑞雪　淡竹蘆三社聯吟

花飛六出景呈奇，絕好豐年兆可期。句入灞橋尋覓客，寒衝風雪蹇驢騎。

瑞雪　淡竹蘆三社聯吟

煮茗銷金樂可知，祥徵豐歲展雙眉。評章梅遜三分白，應謝騷人眼獨垂。

民國九十二年　西元二〇〇三

寒流　《大雅天籟》

波推上下挾冰霜，扁聳玉樓凍異常。一股不隨天地冷，平生凜性熱心腸。

元宵圓　中華民國傳統詩學會

何勞巧婦手雙揉，團轉金猶不缺甌。甜蜜老耽人世味，元宵嚐愛俗情留。

冷鋒　淡竹蘆三社聯吟

刀光劍影勢難分，砭裂肌膚降雪紛。雖有舌尖三寸利，誰能抵禦急如焚。

冷鋒　淡竹蘆三社聯吟

寒風肅殺夜驚聞，冰冷難當似剪云。迎刃悠悠誰即解[30]，銷金帳裡酒餘醺。

30. 另刊《天籟新聲》，該集中第三句作「迎刃悠悠誰即改」。

暮春感懷

澹竹蘆三社聯吟

風光三月記猶牢，欲寫飛花動筆毫。悔晚追春唐杜牧，飄紅難挽嘆詩豪。

暮春感懷

澹竹蘆三社聯吟

韶華不再水滔滔，草綠花紅景欲淘。艷色無雙防褪色，時當三月為心勞。

伏日感懷

淡竹蘆三社聯吟

烈日炎炎似火煨，權稱炙手愧追陪。何當一舸中流放，勝卻南薰沁意培。

伏日感懷

澹竹蘆三社聯吟

墨客騷人雅興培，畏他三伏畏聞雷。浮瓜消暑詩心繫，不逐烏雲一片催。

丹心貫日月　澹竹蘆三社聯吟

正義長昭日月間，華容恩報放曹還。扶劉誓死心猶赤，萬世褒忠讓姓關。

追懷李傳芳先生

桃李春風別樣嬌，書香萬卷傲前朝。為民喉舌匡時政，好客心胸納湧潮。
處處傳吟詩莫敵，諄諄善誘木憑雕。德林寺外騷人萃，擊缽推敲感倍饒。

秋暮指南宮雅集　台北市詩人聯吟會

指南宮聳捲吟風，墨客騷人氣吐虹。十日黃花遲感外，三秋白髮續增中。
落霞景憶齊飛鶩，印爪痕留未去鴻。不遜登高重九會，詩題句琢鬥精工。

秋晴　台北市詩人聯吟會

蓴香鱸美客思餐，賞景奚囊數葉丹。日正當中仙不夢，氣橫雖老靖波瀾。

桃園縣采風　桃園縣詩歌節全國詩人聯吟大會

平鎮大園古俗陳，聆聽尋訪揭封塵。詩聲更與秋聲動，鄉土推行本土親。
足入機場如鳥印，耳聞水庫躍魚鱗。女稱豪傑元良副，史列臺灣第一人。

四季吟　中華民國傳統詩學會

終年不輟事吟哦，寫盡嫣紅與綠荷。驢背頓忘寒砭骨，鰲頭爭占免操戈。
壁間句仰紗籠貴，壇上名揚績可歌。春夏秋冬詩歲月，幾篇差強慰蹉跎。

民國九十三年　西元二〇〇四

臺北關渡宮題壁[31]

鍾靈聖地景長春，畫壁龍飛雨露均。咫尺香騰天若近，千秋航引德無垠。
波平淡水蒙恩澤，踵接湄州省俗人。宮聳巍巍威赫赫，后儀仰望指迷津。

落實本土生根自立　苗栗縣國學會

根深柢固托非新，民主民權本土循。群族若能除隔閡，一家胡越可相親。

燕子口尋詩

盪胸峭壁景雄殊，燕子名聞墨客趨。覓句諸多鷗鷺侶，問誰信手得驪珠。

31.此詩鐫刻於臺北關渡宮木匾，原無題目。〈臺北關渡宮題壁〉係編者代擬。

栗社回顧與展望 苗栗縣國學會

風騷一脈不容淪，致力栽培學子辛。畢竟天香香特異，才傳栗社燦前塵。

土石流 澹竹蘆三社聯吟

山坡濫墾任誰擔，一襲颱風講不堪。水土保留吾警惕，守他寸地徑存三。

新秋 天籟吟社

火雲乍斂雁橫空，涼意初添落葉中。團扇不須期再熱，艷姿正揭菊花叢。

中秋 天籟吟社

香飄桂子滿庭除，佳節團圓莫倚閭。十五無虧今夜月，詩承願繼肯成虛？

敬悼中華民國傳統詩學會理事長陳焙焜先生[32]　五首

韶華易逝景難留，著述名山願已酬。抱璞歸真何太急。環球行跡息優遊。

閩省交流早策籌，鉛刀未試怎貽羞[33]。馳聲尚有鏗鏘句，貫耳騷壇永世留。

小住塵寰八二年，置心藝苑慨揮捐。清流寄望襟懷豁，不愧詩人責負肩。

三山聯詠顧年年，撒手人寰痛兩邊。代理一言猶在耳，才難勝任愧靈前[34]。

騷風欲振失中堅，往事如煙話愴然。杯酒芻香靈叩奠，豪情百尺湧心田。

---

32. 詩題係編者代擬，詩作原刊於《陳焙焜先生哀輓錄》，未加題目。
33. 陳焙焜先生膺任中華民國傳統詩學會理事長感詠，有「鉛刀再試恐貽羞」之句。
34. 陳焙焜理事長病篤，囑莫月娥副理事長代理。

詞苑清流　中華民國傳統詩學會全國詩人大會[35]

聖潔無汙雅譽揚，儒林清韻本洋洋。騷風遏阻通關節，夢筆期開播墨香。
好似在山泉不黑，何須逐浪色添黃。淨留一片斯文地，混濁時潮待改良。

民國九十四年　西元二〇〇五

歲暮感懷　天籟吟社詞宗擬作

一年終盡思重重，難遣銷金酒意濃。別有寒心凋未得，同他不老大夫松。

消　寒　天籟吟社

爐燒獸炭卻寒流，漫使雙肩聳玉樓。煮雪一杯茶亦酒，圖懷九九熱心頭。

35.中華民國傳統詩學會十二月十九日主辦全國詩人大會於奉天宮，陳焙焜理事長甫逝世，莫月娥副理事長代理主持大會。

春聯　澹竹蘆三社聯吟

爆竹聲傳慶履端，門楣吟對墨方乾。寫添歲月天同壽，何不堂祈影不單。

春聯　澹竹蘆三社聯吟

換罷新符改舊觀，迎春喜氣醉辛盤。莫嫌一紙紅隨俗，江水如財眾大歡。

靈山秀水會雙溪　貂山吟社全國詩人聯吟大會

藏龍臥虎匯潺潺，才溢雙溪二水間。桃李不言開爛漫，荼薑添色導悠閒。
文風鼎盛推全力，人氣流回破大關。吸引觀光東北角，詩吟絕頂讓貂山。

驚蟄遇寒流　貂山吟社全國詩人聯吟大會

天候異常冷氣迎，綈袍贈暖渥朋情。如湯如沸貂山會，一股無輸蟄欲驚。

驚蟄遇寒流　貂山吟社全國詩人聯吟大會

龍將動蟄凍雲橫，未阻詩人逸興盈。莫怪世情趨兩極，氣來冷暖總難明。

塹城仲春攬勝　澹竹蘆三社聯吟

趁此春分淑景餘，竹城風著暖吹裾。桃源一例韶光媚，引得詩人不引漁。

塹城仲春攬勝　澹竹蘆三社聯吟

賞景風城願不虛，眾花齊放眼簾舒。詩心二月尖山路，雙屐痕留興有餘。

春雨　天籟吟社

小樓永夜聽淋淋，滴碎誰堪客子心。萬物既沾當既足，連綿猶恐久成霪。

望　雲　天籟吟社

浮空朵朵彩難容，過眼猶煙慨萬重。我亦無心同出岫，任他蒼狗幻行蹤。

待中元　瀞竹蘆三社聯吟

秋來第一節初登，情逐盂蘭亦沸騰。指日江頭行祭禮，天生明月水明燈。

待中元　瀞竹蘆三社聯吟

迎接盂蘭放水燈，民間祭醮熱情升。良辰待藉三牲獻，慰盡孤魂總不憎。

奉天宮秋日雅集　天籟吟社奉天宮全國詩人聯吟大會

慶祝序開菊蕊黃，巍巍廿五歷星霜。爐煙鳥篆天威近，玉殿驪探缽韻揚。
屐齒暫留形放浪，塵緣未了志騰驤。吳中鱸美思歸客，抵掌傾談四獸傍。

新　廬　天籟吟社

美輪美奐市中央，轆轆車聲擾夢長。陋室羡他劉禹錫，入簾草色帶芬芳。

民國九十五年　西元二〇〇六

桃李爭春　澹竹蘆三社聯吟

幾番風訊鬥心俱，下自成蹊語更無。得意難先休氣餒，重來豔奪讓玄都。

桃李爭春　澹竹蘆三社聯吟

難同梅雪判贏輸，稱意花開豔異殊。迎面春風誰占得，任他不語媲仙姝。

春晴吟興　天籟吟社

郊原不雨且攜笻，詠蝶題花意味濃。對酒一杯情未了，剪裁數句記遊蹤。

臺灣瀛社詩學會成立大會

瀛海珠羅盡，崢嶸孰與倫。全臺名更噪，歷屆史添新。
立案宏前景，傳詩不後人。期頤三載俟，再祝醉花辰。

薰風　天籟吟社

陣陣吹來日欲西，炎消慍解惠黔黎。何如寄傲南窗下，扇卻蒲葵意不迷。

尋涼　天籟吟社

炎陽難耐困人初，何處涼生靜可居。一舸能忘三伏暑，蓮花池畔逐遊魚。

秋熱　鼎社聯吟

蟲聲唧唧困吟身，餘燄未收虎樣掄。團扇欣然歌不棄，西風第一庇宮人。

秋興　澹竹蘆三社聯吟

三分明月景偏殊，賞菊籬邊酒滿壺。紙短情長書不盡，思鄉豈只為思鱸。

秋霞　天籟吟社

滿天雲彩襯如鱗，好景當頭酒入唇。吟憶齊飛孤鶩句，筆橫豪氣老詩人。

欒　仰山吟社主辦東北六縣市聯吟

樹為縣樹抗強風，不易傾頹植萬叢。行道重重陰泛綠，迎秋串串果垂紅。
呼稱金雨珍如玉，喜愛陽光彩映虹。廢氣污煙收吸盡，淨塵護土首推功。

中秋後草湖玉尊宮謁聖　仰山吟社主辦全國詩人聯吟大會

乍過中秋熱又掀，草湖當賞種靈根。天心容許塵心淨，禮向名山拜玉尊。

八五春秋壯以文　以文吟社八十五週年社慶

百歲樹人餘十五，八方賀客預三千。詩隨聲望峰登極，力倡風騷志益堅。
薪火紅添無落後，詞壇彩放更空前。才多不乏中流柱，社慶高歌白雪編。

維護水電能源　以文吟社八十五週年社慶

任他研借太陽能，節約開源智力增。不離民生光與盥，共同珍護有明燈。

誠　信　中華民國傳統詩學會

不背良知不背盟，泰山若倚勢難傾。片言諾守千金貴，爆料將摧一世名。
君子襟懷休隱匿，丈夫意氣本光明。瞞天過海人神棄，務實修心古道行。

民國九十六年　西元二〇〇七

佛心　《天籟新聲》

萬家倚賴仰頻仍，一片慈悲不滅燈。但願塵寰消劫運，與人有愛更無憎。

夏茶初採　《天籟新聲》

無邊綠意茗香含，四月山歌半熟諳。粗葉且留新葉摘，乍勞玉手摘盈籃。

花雨迎春　澹竹蘆三社聯吟

乍接樑間燕語喃，嬌紅似洗露層巖。杏花那解沾衣恨，灑向東風點滴銜。

明窗　天籟吟社掄元

寄傲何當了俗心，珠簾半捲月方侵。倘教大地無昏暗，不借螢光照夜深。

競渡 天籟吟社

龍舟午節賽江濱，錦奪雙方不後人。弔屈義深延楚俗，為爭勝負備艱辛。

催詩 天籟吟社

吟鬚撚斷黑雲增，雨意騷情促轉承。不是燃萁煎太急，句難立就見才能。

淡江滌暑 澹竹蘆三社聯吟

炎陽難奈鎖雙眉，水岸河邊沁可知。洗盡煩心忘溽暑，淡江一舸酒香隨。

淡江滌暑 澹竹蘆三社聯吟

火雲未歛困人時，散策河邊沁入脾。消暑若趨關渡口，忘他炎熱豁吟思。

夏雲

澹竹蘆三社聯吟

解旱望霓意正殷，嘉看出岫未離群。能教暑退奇峰斂，倚重清風掃熱氛。

夏雲

澹竹蘆三社聯吟

蒼狗形成一片雲，悠悠出岫地如焚。化龍欲待風雷挾，密布天空借幾分。

松社八十週年社慶

閱歷春秋八十更，聯吟慶祝筆縱橫。鴻才延攬揚唐韻，馬首惟瞻播漢聲。
節勁心堅松命社，天高氣爽桂攀情。李前林繼風騷振，詩列乾坤譽滿瀛。

大尖山天道院題壁

鼎社聯吟

大道無違淨四夷，修身院內墨淋漓。枯腸索盡難成韻，敢望紗籠句雋奇。

石油危機　天籟吟社詞宗擬作

居安思及警心存，意識民生力可論。縱使太陽能取代，也須節約惜資源。

詩　夢　天籟吟社掄元

筆花爛熳句新奇，寫盡風流午夜時。不似黃粱驚一醒，才華枕上展無遺。

民國九十七年　西元二〇〇八

冬　陽　瀶竹蘆三社聯吟

小寒時節狎群鷗，好景橙黃日影留。一片晴光春似得，向同花草暖心頭。

冬　陽　瀶竹蘆三社聯吟

消融積雪喜凝眸，待臘梅花照影留。倘得負暄同摯友，何須借酒禦寒流。

敬賀張國裕社長八一華誕　天籟吟社

相識於今五十年，才華洋溢快如仙。歲逾耄耋詩心健，身歷農商世態遷。
杯酒拒沾欽意志，風騷且領屬時賢。生辰恭祝吟儔聚，松柏長青不老天。

春晴　瀞竹蘆三社聯吟

鶯聲燕語佈彌漫，大地陽光漸去寒。天上雲收花睡足，海棠紅豔正開端。

春遲　天籟吟社

了無芳訊鎖眉端，人面桃紅一瞥難。莫怪催花頻擊鼓，司權東帝步跚跚。

流觴　天籟吟社

韻事蘭亭樂最真，幾彎清澈水如銀。群賢畢至情無異，盪漾杯浮醉脫塵。

詩人節鱟港懷古　中華民國傳統詩學會

蒲艾飄香午節時，北門鎖鑰萬年基。波平似息靈均恨，環鏡樓懷作客詩。

夏遊　澹竹蘆三社聯吟

郊原一望綠無垠，避暑雙鞋破曉塵。覽勝沁心溪畔立，不須雪藕羨佳人。

梅雨過後　天籟吟社

止渴津生指望間，絲絲已斷喜開顏。流酸點滴留回味，齊色青含愛晚山。

榴風　天籟吟社掄元

五月明當照眼時，飄飄豈在展紅姿。花名有石心應定，底事輕搖向晚吹。

即席賦賀風雲詞長求婚成功　網路古典詩詞雅集

兩心相悅入情場，挹注花飄九九香。不羡神仙成眷屬，教人欣羨是鴛鴦。

臺北孔廟重修竣工　天籟吟社

經歷春秋久，重修美奐然。尼山崇聖哲，泗水育才賢。
廟貌今非昔，宮牆聳更堅。龍峒文化地，鐸韻震雲天。

清秋　天籟吟社

階前梧葉湧思潮，載酒登高逸興饒。秋水望穿廉潔現，長天一線正炎消。

月下會友　澹竹蘆三社聯吟掄元

蟾光兔影入簾帷，有約人來喜展眉。莫怨宵深無作伴，成三祇要一杯隨。

月下會友　澹竹蘆三社聯吟掄元

一痕初月正如眉，摯友相逢樂不疲。握手言歡蟾影下，松風竹韻助敲詩。

幸福人生　陳俊儒詞長長公子完婚

一刻千金不可輕，神仙眷屬樂盈盈。並肩欲語親如蜜，洗手無勞備作羹。
水上鴛鴦雙儷影，閨中鶼鰈兩真情。好兒譽享良緣締，美滿相攜路坦平。

瓜瓞綿延　陳俊儒詞長長公子完婚

潁川洪福澤綿長，合卺杯深口吻香。詩酒今朝瓜瓞詠，子孫百代預興昌。

敬賀蘇子建先生八十大壽　新竹詩社

鄉詩俚諺瑾瑜珍，價重風城第一人。鐸韻悠揚天賜命，星光閃爍火傳薪。
年華不計隨心欲，書卷無疲入眼頻。八秩稱觴桃李盛，鶴亭吟詠慶長春。

尋梅　澹竹蘆三社聯吟

誤識林逋累此身，凌霜衝雪傲風塵。窗前莫問花開否，暗得香飄十月春。

惜福　中華民國傳統詩學會

不曾浪費寸心安，節約流長富可觀。飽飯寧知無飯苦，揮財卻易貯財難。
資源愛惜非形式，貨殖雖充亦彈丸。車鑑前人多折福，強奢極侈醉杯盤。

全球金融風暴　天籟吟社

經濟趨衰退，全球失業潮。危機談色變，良策阻風飆。
股市隆冬冷，商場霸氣消。金融吹海嘯，國際豈無搖。

新晴　天籟吟社

陽光一線露窓間，雨霽雲開淨遠山。乍見蛛絲添屋角，陰霾掃盡展歡顏。

民國九十八年　西元二〇〇九

春花　澹竹蘆三社聯吟

遍看紅紫挹清芬，恩得東皇寵十分。底事成陰枝滿子，重尋辜負杜司勳。

熊貓　天籟吟社掄元

不因思蜀鎖眉梢，寄望團圓敵意拋。食竹更添君子氣，兩無猜忌洽如膠。

歡顏　天籟吟社

心花怒放倍溫馨，一笑春風樂滿庭。羡煞老萊衣舞綵，慈容可掬喜忘齡。

外雙溪紀勝

瀛社一百週年慶首唱自選題

若道名人住，大千孰與齊。溪稱分內外，物博覽中西。
精舍封池硯，梵音繞石梯。園迎遊客盛，至善美如圭。

尊重女權

瀛社一百週年慶全國詩人聯吟大會

鬚眉不讓女英雄，贏得男兒敬折衷。兩性平權天地義，司晨防堵牝雞同。

春　筍

澹竹蘆三社聯吟

正是春回欲出頭，幾番雨後嫩方抽。林中那管賢人七，破地光如劍氣留。

夏日詩情

澹竹廬三社聯吟

炎威未減火雲燒，七字吟成寄意遙。縱有長城難禦熱，不如一舸雪冰調。

夏日詩情

澹竹蘆三社聯吟

硯池墨瀋興催潮，抑盡心如野火燒。雷雨驚醒題未了，幾聲吟韻落芭蕉。

扇

天籟吟社掄元

招風祛暑引涼生，不獨蒲葵製作精。一羽常持無釋手，伴隨諸葛定軍情。

附：扇

楊維仁

開闔隨宜一柄輕，從容在握退心兵。縱無機械銷炎速，搖曳生涼自有情。

酒

澹竹蘆三社聯吟掄元

試同千日醉何如，北海豪情飲不虛。盡說客來茶可當，拳催風月孰能除。

酒　澹竹蘆三社聯吟

千愁一醉解非虛，飲愛杜康釀首居。引興秋迎籬菊下，幾杯淺酌月明初。

台北聽障奧運　天籟吟社

首辦得謳歌，雄爭項目多。風雲強選手，氣勢讓嬌娥。投足金牌摘，飛身鐵騎過。加油聲不斷，聽障感如何？

秋　颱　天籟吟社

白帝能無可制天，暴風豪雨變山川。月明分外中秋夜，報道颱臨感萬千。

四獸山題糕　台灣東北六縣市詩人聯吟大會於松山慈祐宮

茱萸香溢豁吟情，越日重陽載筆迎。以獸名山山更秀，登高題字樂昇平。

餞秋迎冬　澹竹蘆三社聯吟

驪歌一唱冷吟衷，秋去冬來歲欲終。揮別黃花時過後，寒梅接踵氣凌空。

平明　澹竹蘆三社聯吟

晨光乍現豁吟眸，茅店雞聲跡幾留。隨著朝陽情意悅，粧添鏡裡兩眉修。

民國九十九年　西元二〇一〇

雪花　天籟吟社

粧成銀世界，片片壓枝椏。六出豐年兆，三分勝算誇。
詠添飛柳絮，冷冒覓梅花。謾說消融易，飄空素瓣華。

觀棋　天籟吟社掄元

輸贏未見各爭強，清者從邊意不遑。太息過河無小卒，將軍一局更收場。

春耕 澹竹蘆三社聯吟

西疇東陌綠相侵，雨足郊原貴似金。不事拖犁秧遍插，農心未解筆耕心。

春耕 澹竹蘆三社聯吟

序入東風暖氣臨，秧苗乍播得甘霖。良田良種栽培力，拾穗高歌信有心。

訪春 天籟吟社掄元

一識東風面，奚辭跋涉忙。聲喧聞燕語，路狹入羊腸。淑氣儂無恙，癡情客欲狂。桃花何處是，數問立溪旁。

勞工頌 澹竹蘆三社聯吟

闢地開山績可歌，莫教生計嘆蹉跎。成果縱談高速路，汗流幾惜鬢毛皤。

勞工頌　澹竹蘆三社聯吟

節逢五一祝聲多，辛苦難忘拓路過。白領焉知勞力輩，績憑雙手創南科。

戀戀頭城　中華民國傳統詩學會

館創存遺蹟，迷人景色迎。堅金烏石試，勝地寸心傾。
島俏龜形麗，原長鳥瞰明。留連忘故里，難捨逛頭城。

夏夜喜雨　天籟吟社

挾雷宵正短，愜意枕邊生。荷葉珠難住，蕉心水又盈。
淋鈴銷兔影，淅瀝壓蛙聲。歡顏燈下見，解旱似盆傾。

祖父母節　澹竹蘆三社聯吟

福壽汾陽孰與倫，兒孫繞膝滿堂春。節稱一慰含飴輩，點領何愁髮已銀。

祖父母節　澹竹蘆三社聯吟

祖輩猶尊貴可珍，今逢立節樣標新。生兒育後孫猶繼，三代同堂盡苦辛。

秋遊　澹竹蘆三社聯吟掄元

痕留爪跡滯南瀛，心繫黃花一片情。賦得歸來詩滿腹，不妨紀勝筆縱橫。

秋遊　澹竹蘆三社聯吟

風高氣爽寄遨情，一日偷閒結伴行。底事忘歸餘興在，紅教楓葉染初成。

述懷[36]　《天籟吟社九十週年紀念集》

沉沉夜幕已低垂，且倚欄干有所思。為奉高堂全子責，自嗟生不是男兒。

36.《天籟詩集》另收錄〈靜夜〉：「蟾光桂影夜遲遲，獨倚欄干有所思。為奉高堂全子職，自嗟生不是男兒。」見本書第一〇二頁。

艋舺

《天籟吟社九十週年紀念集》

輪船不見水無紋，商旅猶懷集似雲。艋舺繁華今昔異，妓歌藝舞斷聲聞。

滕王閣

《天籟吟社九十週年紀念集》

遊情難了水雲齊，閣上滕王日未西。不見層巒空幻翠，句吟王勃總生迷。

無題

《天籟吟社九十週年紀念集》

文章知己眼青垂，一見傾心識不遲。十日雨絲燈影下，並肩無語慰相思。

文化交流與福建諸詞長雅集

《天籟吟社九十週年紀念集》

互通心曲託靈犀，濟濟才人氣吐霓。今日福清同聚首，猶如鴻爪暫留泥。

同遊西湖友值生辰賦贈

《天籟吟社九十週年紀念集》

同遊萬里興猶長，況值生辰喜氣洋。人比西湖秋更好，南山遙望壽無疆。

風勵儒林

天籟吟社九十週年聯吟大會

期頤須待十年春，勁草堅貞似托身。鐸振徒千培後秀，竹居賢七望前塵。扶搖席捲吟聲壯，倜儻才推創局新。寄語翩翩名學士，應添外史誌騷人。

道院鐘聲

天籟吟社九十週年聯吟大會

教人深省俗情空，不似聲聞飯已終。百八晨昏能作伴，心趨明鏡謁天宮。

弔國裕學兄　二首

仙蹤飄逸離囂塵，鶴駕難留過客身。辛苦籌謀迎社慶，未看成果痛歸真[37]。
關照多方五內存，那堪人去慟同門。他年傳統修詩史，口述無從聽片言[38]。

劫貧濟富　中華民國傳統詩學會

富人益富政商諧，剝削貧窮策略乖。雪上加霜憐弱勢，難除當道正如豺。

---

37. 天籟吟社張國裕榮譽社長籌辦九十週年社慶，詩人大會於十月卅一日舉行，張社長於是日逝世。
38. 張國裕先生曾任中華民國傳統詩學會秘書長、副理事長、理事長。

敬和王前詞長八秩自述瑤韻

善養童顏健一身，任他秋去又迎春。酒耽歲月長忘老，腹滿詩書不說貧。
壽域登臨開境界，騷壇契闊最情真。門前蘭桂芬芳甚，烏鳥心懷孝事親。

生計無憂豈用謀，逍遙步履仰神庥。向平願了心何繫，陶令居閒意自幽。
丘壑胸存原不俗，酒錢囊滿復奚求。欣逢八十崗陵頌，湖海名山勝記遊。

民國一〇〇年　西元二〇一一

好年冬　澹竹蘆三社聯吟

瑞雪紛紛壓碧厓，橙黃橘綠景稱佳。酒錢囊滿收豐溢，待醉春風盡暢懷。

好年冬　澹竹蘆三社聯吟

迎年且待逸相諧，六出花飛散滿階。一種兆豐無缺乏，農收漁獲喜添佳。

答嘴鼓　澹竹蘆三社聯吟

辯驚四座勝貔貅，兩語禪稱上口頭。倘若罵曹撾片刻，舌尖雖利局難收。

答嘴鼓　澹竹蘆三社聯吟

話匣宏開喋不休，蓼蓼雄辯繭絲抽。可知舌戰群儒日，撾擊聲兼語一流。

建國百年　天籟吟社掄元

革命懷先烈，輝煌百歲登。守成猶警惕，慶祝共歡騰。
碧血黃花染，青天白日升。主權堅不棄，衛國賴賢能。

梅　香　天籟吟社

撲鼻芬芳玉質誇，孤山蕊共雪飛華。騎驢不待衝寒覓，一縷隨風馥邇遐。

春容　澹竹蘆三社聯吟

深谷幽蘭絕色容，不應雲鎖霧痕封。傾城傾國如相媲，猶帶嬌羞得意濃。

春容　澹竹蘆三社聯吟

影留月下疊重重，不見朱顏蜜意濃。人面桃花懷去歲，詩吟崔護覓芳蹤。

核災　天籟吟社

人心惶恐與天齊，輻射漫延禍不低。建核如何能廢核，全球聲浪起重稽。

甘霖　澹竹蘆三社聯吟

苦旱消除百姓歡，沛然驟下破雲端。借如甘澍西江水，一滴回生總不難。

甘霖　澹竹蘆三社聯吟

潤蘇萬物足心安，鎮日雲霓拭眼看。枯盡硯池無點墨，淋漓不借筆揮難。

天籟吟社展望

調成天籟叶龍吟，風勵褒揚屹士林。九十年華傳雅韻，三千聲勢振元音。
騷壇奪錦欣攜手，藝苑聯盟契共心。團結一言前社長，耳邊環遶作良箴。

粽香　天籟吟社

撲鼻芬芳葉裹成，端陽湘水溢民情。艾蒲同馥名無朽，投為孤忠弔屈平。

秋　澹竹蘆三社聯吟

天高氣爽思無涯，鄉味鱸魚憶幾家。好是西風詩健侶，一杯酒醉竹籬花。

秋

澹竹蘆三社聯吟

生悲蒲柳謾咨嗟，一葉焉知老健家。不上龍山情未識，風高吹過落烏紗。

百年好合

祝賀陳俊儒詞長四公子陳潁全先生與黃雅璇小姐結婚誌喜

潁川門第喜傳頻，兩姓聯婚證果因。金石情堅天獨厚，海山盟誓歲長春。
藝高調味稱能手，業就馳名擅瘦身。琴瑟和鳴花燭夜，年逾九九約相親。

勁草

天籟吟社

托根河畔自心甘，閱歷榮枯歲已諳。訊息王孫歸欲問，忠貞臣子美同談。
疾風始識形骸硬，野火難除雨露含。莫惹一枝聲譽裂，青青踏愛月當三。

懷人

天籟吟社

露白天涼思不窮，伊人形影印胸中。何當對酌西窗下，說盡離愁酒未空。

民國一〇一年　西元二〇一二

選戰　天籟吟社

一決雌雄見，應無賄賂嫌。運籌零缺失，為政立清廉。
寸舌言爭巧，雙肩任重添。短兵相接處，勝負票源瞻。

雲雨　天籟吟社

暮暮朝朝佈邇遐，擾人心思亂如麻。楚王一夢情長繫，不是巫山愛有加。

豪小子　澹竹蘆三社聯吟

超人球技壓全場，七勝名登國際揚。矚目非凡身手捷，台灣繼建再爭光。

豪小子　澹竹蘆三社聯吟

台灣到處為飆狂，氣勢書豪熱發光。博得全球同喝采，投籃一躍七贏場。

林書豪　天籟吟社

身手誰能敵，投籃技不凡。七場連勝績，一隊領頭銜。
尼克名聲播，來瘋氣勢巉。輸贏常態看，批論莫酸鹹。

問春　天籟吟社

風吹送暖鳥聲鳴，底事恩加得意行。剪韭一畦懷雨夜，何時可現未分明。

生花筆　澹竹蘆三社聯吟掄元

學海文瀾落紙間，芝蘭芳韻絢光環。何須藉得遊仙枕，才可蟾宮把桂攀。

問蓮　天籟吟社詞宗擬作

祇恐經秋冷，紛紛粉墜紅。為何生舌底，不染印心中。
步小輕堪擬，舟橫採莫空。六郎真似否，若答總難同。

豪雨 澹竹蘆三社聯吟

災情聞播寸心荒，暴似颱風掠地狂。維護森林當務急，噬吞莫待失家鄉。

豪雨 澹竹蘆三社聯吟

暴風豪雨異尋常，一夜滂沱毀屋牆。土石奔流驚怵目，災民無語計無方。

故宮 《臺灣千家詩》

故宮文物聚名流，傍水依山景色幽。河上清明觀未了，民情古意上心頭。

銀河會 澹竹蘆三社聯吟

離多聚少豈心甘，烏鵲填橋快意談。相逢灑盡相思淚，流入天河兩影涵。

黃花瘦　天籟吟社

曾受陶潛愛，西風畫展容。幾杯人醉菊，三徑影隨松。
羸骨凌霜貫，疏枝挹露濃。捲簾誰與比，十日感重重。

台勞　天籟吟社

四龍推首已時經，賣力無方枉髮青。去國一枝尋寄托，勞工雖苦總安寧。

秋涼　澹竹蘆三社聯吟

蟹肥酒美動詩心，攜手推敲聚德林。一雨炎威終掃盡，滿階梧葉報秋音。

秋涼　澹竹蘆三社聯吟

恰是中秋一夕前，火雲收斂扇初捐。籬花正美詩情湧，杯酒無溫氣爽然。

樂　天　澹竹蘆三社聯吟

一舸煙波任去留，細推世路總生愁。何須五十方知命，悲喜無關樂唱酬。

樂　天　澹竹蘆三社聯吟

問心無愧對無憂，瀟灑人生不怨尤。但願身閒拋俗事，一竿知命任沉浮。

賀松筠集第二集出刊　新竹詩社

蜚聲不斷仰流長，吟出珠璣字字香。句到鏗鏘非習作，薪傳猛烈尚悠揚。
松筠價得諸方重，竹社風行逐日強。肯負先賢勤種植，果呈燦爛絢詩場。

新竹車站百年慶　新竹詩社徵詩

風華再現慶期頤，建築猶殊古蹟遺。貓道暗存鐘塔老，繁榮不減任星移。

慎選賢能　中華民國傳統詩學會

長城不壞壯如山，善擇人才豈等閒。一票權操仍在手，多方情洽展歡顏。
肩挑大任寧分系，力挽頹風未畏艱。珍重思量休草率，興衰騷雅正相關。

世博風華在新竹　中華民國傳統詩學會

風城再現技空前，世博台名覽著先。耀眼可知非在滬，冰燈山水景長延。

歲暮雨寒　天籟吟社

肩似高樓聳，待晴望眼雙。淋鈴聲滿道，淅瀝水流江。
梅白花如雪，橙黃景映窗。鄉情惟不冷，臘月泛歸艭。

待新年　天籟吟社掄元

萬象回春剩幾時，屠蘇暢飲醉無辭。桃符一換生機現，俟接蛇年盡展眉。

民國一〇二年　西元二〇一三

燈會　澹竹薑三社聯吟

一歲元宵節首居，花開爛漫上燈初。城開不夜金蛇動，海湧人潮步履徐。

三春花滿徑　天籟吟社

淑氣暖風吹，芳菲蝶影隨。三春花滿徑，一綹水生池。
好景留君駐，清樽為客移。嬌紅依舊在，不用怨尋遲。

望雨　天籟吟社

及時待下寸心誠，天際雲霓寄眾生。乞借春陰同一例，海棠欲護露深情。

頭份客家文化節

苗栗縣國學會

文化逢佳節，騷風筆陣橫。舊醅堪共醉，新秀喜增生。
儀俗淳民俗，詩聲證雅聲。神恩頭份蕩，四月客家迎。

酒駕

澹竹蘆三社聯吟

刑警偏勞酒測量，嚴懲有法莫徬徨。休貪一滴司機輩，輪下冤情盡可防。

酒駕

澹竹蘆三社聯吟

車禍頻頻報死傷，只因駕駛酒穿腸。如何遏阻嚴刑責，一路平安遠杜康。

綠楊潭影瘦

天籟吟社

席地堪長坐，傾談願不違。綠楊潭影瘦，翠竹月痕微。
留駐風光媚，謾嗟景物非。驪歌休唱別，飲興正遄飛。

秋涼　澹竹蘆三社聯吟

西風陣陣夜吹過，四壁蟲聲感意何。團扇既捐天不熱，趨炎料已輩無多。

秋涼　澹竹蘆三社聯吟

西風乍挹爽吟哦，炎退涼生扇棄羅。只恐一秋成雨後，黃添梧葉髮添皤。

夜市　天籟吟社

生意超商異，饒河博美譽。摩肩人似蟻，飽腹客挑魚。
論食天為重，招徠座不虛。烹調山海味，香溢月明初。

秋收頌　澹竹蘆三社聯吟

拾穗曾聞陌上留，耕耘辛苦慶豐收。鐮聲不斷金聲雜，喜煞農家望出頭。

秋收頌　澹竹蘆三社聯吟

金鋪東陌與西疇，稻割秋風樂破愁。願得年年倉廩實，歌懷擊壤富民求。

錫口興文　松社主辦松山慈祐宮二百六十週年全國聯吟

斯文共振湧如瀾，字字生香待破難。擲地不教聲不響，起衰松社直追韓。

竹社一百五十週年慶　詞宗擬作

蘇林蔡李繼推瀾，舊事寧懷破歲寒。竹社詩吟稱造極，松筠韻美入尖端。堅持鄉土堅承續，不墜騷風不畏難。百五十年聲遠播，鷗朋頌祝盡餘歡。

看見台灣　天籟吟社

放眼台澎地，官誰鐵腕俱。光圈光易失，食品食猶虞。經濟疲望振，繁華勢待趨。逢萊仙島譽，莫自毀前途。

論墨　天籟吟社

一潑圖成雅淡雲，任他吮筆寄回文。近朱已赤難成黑，評鑑無須擾見聞。

民國一〇三年　西元二〇一四

寒流　澹竹蘆三社聯吟

東北風吹冷氣橫，一杯當酒熱詩情。綈袍憐愛溫雖在，歷過寒冬暖自生。

春暖　澹竹蘆三社聯吟

東風吹綠到江濱，燕子含泥築壘新。絳帳緬懷溫坐席，滿千桃李醉諄諄。

春暖　澹竹蘆三社聯吟

寒消淑氣景迎新，暢飲屠蘇喜絕倫。不用催花長擊鼓，千紅萬紫滿城春。

春寒　天籟吟社

望暖苦群黎，風吹氣壓低。賞櫻情未冷，剪韭景重提。
細雨沾衣濕，微霜去路迷。築來樑上壘，凍煞燕含泥。

太陽花學運　天籟吟社

抗爭府院見分歧，民主潮掀學子推。莫蹈兩傷如鷸蚌，太陽急解憾無遺。

暮春有感　澹竹蘆三社聯吟

九十韶華景欲遷，催詩鬥句競呈妍。若云一事堪長慰，不墜青雲老益堅。

暮春有感　澹竹蘆三社聯吟

屈指韶光剩幾天，情生無限帝辭權。此心秪得春長駐，花落花開任去遷。

詩人天職　中華民國傳統詩學會詩人節大會

敦厚溫柔世仰欽，欣逢午節契苔岑。逸情檢點陶公句，愛國追隨屈子心。
激濁揚清堅素志，移風易俗立良箴。責無旁貸長城固，忍讀離騷澤畔吟。

善業勵人心　中華民國傳統詩學會詩人節大會於新莊瀚邦大樓

惡念無生證此身，扶持弱勢遠窮貧。瀚邦業與芝蘭質，淨化靈臺善種因。

臺灣教育省思　澹竹蘆三社聯吟

莘莘學子志何從，古道淪亡感萬重。教改幾番難意得，縱觀國際豁心胸。

落日　天籟吟社

莫謾西山擬，黃昏樂靡涯。夕暉無可畏，晚景尚稱佳。
夜幕隨雲佈，戈頭返影偕。老農憑作息，豈與帝王差。

吟詩有感　天籟吟社

長城五字湧心頭，瀟灑詩懷李杜流。天籟有聲聲不斷，莫成和寡調高求。

秋　訊　澹竹蘆三社聯吟

應有涼風信似潮，花迎黃蕊酒盈瓢。梧桐一葉驚心至，炙手何人熱可消。

秋　訊　澹竹蘆三社聯吟

西風乍捲客心遙，不是蒲姿豈易凋。時節鱸肥鄉味好，何妨一葉泛歸橈。

詠十八尖山公園九十歲　竹社徵詩詞宗擬作

遊人小憩滌塵心，十八尖山遍綠陰。集合軍民開拓力，耄齡歡度話森林。

竹塹迎曦門一八五週年慶

竹社徵詩

二百增添十五庚，東門曦映溢騷情。南寮風送漁歌遠，北郭詩傳客思縈。
溝水流長周域固，砲臺功立戰雲迎。坊標節孝名猶在，敬重人倫第一城。

詠北投名勝

天籟吟社

文物風光景獨推，氣蒸地熱隔塵埃。繁華未減鶯聲斷，隱約寧聽燕語回。
新舊名存車設站，古今愁破酒傾杯。溫泉引盡東瀛客，難抹煙浮認劫灰。

冬日書懷

瀛竹蘆三社聯吟

忘寒笑語契鴻儒，北面風吹凜裂膚。信是梅花偏耐冷，月斜疏影托輕扶。

冬日書懷

瀛竹蘆三社聯吟

寒思爐畔酒傾壺，詩債難逃撚斷鬚。托筆欲陳歸里計，畫當報健柏松圖。

商德　貂山吟社主辦台灣東北六縣市擴大全國詩人聯吟大會

愛財有道守宜堅，信譽招徠客萬千。童叟無欺非口號，高低逐利動心絃。
蠅頭雖薄存仁義，牛後毋為不倚偏。蠹政害民須警惕，讓他消費食安然。

低碳詩鄉　貂山吟社主辦台灣東北六縣市擴大全國詩人聯吟大會

茶香風送溢情思，名播貂山貴有詩。一騎雙溪行欲盡，絕無污染絕塵緇。

臺日兩社聯吟雅集有感　天籟吟社日本吟院岳精會

岳精吟詠客，雅會禮彬彬。情契如膠漆，歡騰忘主賓。
遏雲聲嘹亮，擲地句清新。不待東風入，梅櫻別有神。

冬望　天籟吟社

入眼橙黃景可珍，朔風雖冷未侵身。峰頭雪壓當凝視，不老松姿聳有神。

懷恩師[39]　六首

絳帳春風記憶新，誨人無倦誘諄諄。而今遺稿編成集，不讓珠璣散付塵。

創立基金特費神，謾言無助女兒身。宣揚文教雙肩負，一慰生前志未伸。

常說事師如事親，幸虧此道未沉淪。耳提歷歷情猶昨，燈謎詩吟更絕倫。

六十年前教誨恩，詩書朗讀日黃昏。稱心一曲清平調，笑影難忘捲籟軒。

春耕一首姓名揚，傳誦騷壇貫耳長。自分才庸趨或步，兩無學就愧徬徨。

承傳無力業無精，薪火燃燒待有成。不負當年深寄望，詩心重拾獻餘生。

冬至　瀞竹蘆三社聯吟

敲詩鬥句吉祥中，正是陽生樂事融。夜短日長今欲始，搓圓美滿喜無窮。

39. 刊於《捲籟軒黃笑園詩集》〈附錄〉，懷念恩師黃笑園夫子之作。

冬至　澹竹蘆三社聯吟

搓圓昨夜喚兒童，一線今朝繡女紅。作客歸來忘歲晚，初長日晷寄心雄。

民國一〇四年　西元二〇一五

改變成真　天籟吟社

全憑網路突成軍，力量難從白色分。故步去除新策略，前程可卜巧耕耘。
改弦易轍心猶谷，喚雨呼風友似雲。如願以償非幻景，信存五內建奇勳。

霾害　天籟吟社

黃沙滾滾勢形成，掃滅憑誰一手擎。何處能存乾淨地，心身無害怨無聲。

雙溪高中之美　貂山吟社

環保多元教學供，栽培桃李質非庸。譽承泗水雙溪美，博士無虧綠蔭濃。

暮春即景　澹竹薑三社聯吟

謾言紅紫漸無花，三月風光入夢華。聽罷子規歸若得，池塘有信待鳴蛙。

及時雨　澹竹蘆三社聯吟掄元

淋漓解旱慰心長，不用西江借水忙。滴翠潤紅祈適度，過多氾濫亦須防。

及時雨　澹竹蘆三社聯吟

傾盆一夜挾風強，不少農夫喜欲狂。旱解郊原知已足，寧分幾滴潤枯腸。

蘭城文化　宜蘭市鄂王社區發展協會全國詩人聯吟

吳沙去後舊臺城，別種風華眼底迎。蘭邑著聞今異昔，詩文彩繪創崢嶸。

夏日即事　天籟吟社

炎威雖可畏，愜意滿庭園。棋落槐陰茂，風吹稻浪翻。
尋涼人跡遍，歸宿鳥聲喧。一枕羲皇上，端無溽暑煩。

聽蟬　天籟吟社

嘒嘒方傾耳，黃昏日欲殘。螳螂防在後，聲切一枝安。

緣聚清秋　澹竹蘆三社聯吟

文字緣堅雅趣同，相逢鳥跡印如鴻。景添不獨籬邊菊，談笑涼生盡竹風。

天籟薪傳　天籟吟社

春風化雨路漫漫，啟發生徒意未闌。藜火相傳存國粹，鐸聲遙佈壯文瀾。
詩吟評比開先例，調創多元異一般。踵接礪心桃李盛，年登九五慶騰歡。

重陽菊　天籟吟社

秋光憑點綴，數蕊動吟衷。滿插登高日，籬邊酒送中。

人文史蹟載蘆鄉　澹竹蘆三社聯吟

鄉市區分數級瞻，德林香盛竹林兼。詩文若寫機場蹟，國際名揚史筆添。

人文史蹟載蘆鄉　澹澹竹蘆三社聯吟

改制曾經市鎮兼，文風蘆竹力深潛。茶香米馥三臺譽，學府開南教遜謙。

秋豔　天籟吟社掄元

飛鶩雲霞映，斜陽麗景攀。傍籬開虎爪，落帽話龍山。
幾字題紅葉，孤芳擁美顏。鱸魚鄉味好，有客賦歸還。

冬陽　天籟吟社

曝背情溫感萬端，欣逢葭月未吹寒。如何一面心生暖，可愛寧除冷氣團。

暖冬　澹竹蘆三社聯吟

風吹未冷水雲間，篋裡衣裘置不關。難見雪梅香鬥白，陽春十月熱升攀。

曙光　中華民國傳統詩學會

劃破雲天一線生，轔轔車趁曉中行。鄰雞唱徹人心奮，玉兔方藏旭日迎。晨計及時應不拙，朝暉擁戶暫趨明。枕戈士卒沙場上，待旦歡騰掃敵營。

群星拱月　中華民國傳統詩學會

熠熠輝生耀九州，嫦娥一笑立中流。人間天上光何異，靈藥無須再怨尤。

民國一〇五年　西元二〇一六

春情　瀛竹薑三社聯吟

三五昨過吟興敲，元宵燈火未全拋。詩情欲寫風城景，不逐春花寄有巢。

蓬島迎春　天籟吟社

屠蘇酒美樂新年，兒女頻誇壓歲錢。射虎元宵酬雨後，有獅佳節舞庭前。
桃符乍換春留住，柳色將勻貌自妍。好是今朝開眼界，東風嫋嫋倚奇緣。

春寒　天籟吟社

一望黃山筆杖工，茫茫欲寫夜無窮。似能減少寒毋禦，冷意難消用火烘。

尚未繫作品年[40]

倒屣迎

寒風細雨客初臨，錯著雙梟雅誼深。不是糊塗才倒履，祇因急欲迓知音。

倒屣迎

反穿雙履見情深，急欲迎朋遠地臨。喜出待賓難顧及，布鞋顛踏為知音。

苦旱

雲霓望斷願難償，灌溉無從困插秧。缺水硯池如涸轍，甘霖一滴勝瓊漿。

40.以下莫月娥先生手抄稿，寫作年代待考。

苦旱

甘澍深期下一場，田園枯涸正梅黃。最憐乾盡河川水，解困雲霓引領長。

冬日書懷

炮聲戰火動新聞，多國盟聯百萬軍。詩思未因時局滅，橙黃景記掃風雲。

冬日書懷

寒心一片寄迴文，盼作金聲擲地聞。寫到梅花同傲骨，霜風雪雨任紛紛。

輓詩 二首

九五年華夢一場，垂留典範世稱揚。此心不滅光明在，歸去仙鄉是故鄉。

何用利名累此身，軍威黃埔見精神。風雲叱吒沙場上，不世功勳不付塵。

晚　秋

霜侵蹊徑葉飄紅，九月寒砧動客衷。任是權司將換帝，花容不改傲籬東。

民主潮流

推翻強勢水行舟，社會民權為渴求。政治鬥爭蘇解體，祇因制度背時流。

民主潮流

波濤洶湧起全球，政治平權創自由。強勢去除民作主，元戎選舉合時流。

詩酒侶

縱飲豪吟各自彊，因緣會合更情長。鯨吞倚馬才軒輊，得契金蘭並益彰。

澤畔行吟

問答漁翁解塞茅，忠臣被逐志難拋。滔滔未醒湘江水，不見三閭淚泣鮫。

蘆竹春曉

桃花迎面露初消，寺外東風景似描。八角幾曾勤問店，晨曦荐爽隔塵囂。

蘆竹春曉

燕語鶯聲二月嬌，桃源似入路非遙。德林倘得晨鐘伴，勝卻鳴珂事早朝。

秋　望

西風吹葉氣蕭森，觸景情深一片心。莫怪騷人遲暮感，黃花色褪乍鋪金。

秋望

天高氣爽契苔岑，過眼雲煙淡薄心。瘦似山容詩瘦骨，祇因題葉感懷深。

新春頌

一獻椒花景色融，滿園姹紫與嫣紅。謳歌不斷詩吟盛，假我文章鼎立雄。

倡詩化俗

浴蘭節屆弔沉湘，忠操千秋氣激昂。海闊天空宜禮讓，世清民治振綱常。
漫爭先後嗤魚貫，不失尊卑引雁行。賴得移風兼化俗，百家諸子共宣揚。

書香漁火情

三分星火七分騷，海尾吟懷捲碧濤。手上詩書風送馥，心中歲月水侵篙。
網無漏網興文藝，燈有明燈引釣艘。醫史芬芳薪不熄，照同帝澤護漁曹。

佚題[41]

家家乞巧願無違，星動銀河影未稀。今日鵲橋牛女會，情痴難免話雙飛。

佚題

巧與人間乞幾多，歡情難掩別離何。長生殿上生生誓，笑煞雙星隔一河。

佚題

旗飄壇坫捲吟風，化戾端憑七字雄。唱罷關雎心術正，胸羅錦繡濟時功。

佚題

黃童白髮漆膠如，瀝膽披肝語不虛。翰墨相交休問歲，情投老少論詩書。

41. 以下均錄自手稿，未抄題，詩題待考。

佚題

連盟壇坫共吹噓，青老無分意不虛。詩酒論交忘歲距，深他潭水狎情如。

佚題

消炎何處倚窗東，月色星光照影中。一首詩吟望酷暑，枕欹涼不藉薰風。

佚題

大廈名鄉著刻彫，楚歌唐韻浴心苗。壽承八百餘慶第，詩學傳家渥澤饒。

佚題

大夫君子兩心關，共忍嚴冬雪壓山。認得洪園青凍葉，猶如冷傲後凋顏。

佚題

搖翠拖青不改顏，好成三友契孤山。縱無酷冷嚴冬雪，勁節焉知伯仲間。

佚題

止渴回津味可誇，黃時初啖感無涯。甘酸嘗盡人生驗，乍學羹調未必嘉。

佚題

黃肥果熟雨家家，酸澀初嘗濺齒牙。望使三軍齊解渴，功同鼎鼐味新加。

佚題

桃花縣外捲吟風，萬里無雲日映紅。願為片陰長乞藉，海棠護切睡深宮。

佚題

潭尋躍鯉節重陽，橐筆奚囊雅興長。勝景名山存眼底，浩然怎不憶天祥。

佚題

鶯聲燕語萬花紅，不雨郊坰樂思融。莫負豔陽桃映面，追尋杜牧十年空。

佚題

未曾相識喜相逢，龍虎名山共駐蹤。文字有緣容倒屣，淺深斟酌契情濃。

佚題

月色星光乍映河，相親一夜繫情多。開懷盡醉薰風裡，得意人生喜若何。

佚題

聲名夫子重關西，高潔平生自不迷。夢到扶桑情更好，管他窗外五更雞。

佚題

心存漢室誓扶匡，壽誕恭逢薦藻香。恩播萬千祛暴戾，歲經卅六降禎祥。
輦迎聖駕雲名縣，義動凡人帝駐鄉。燭影春秋凌正氣，神靈顯赫殿琳瑯。

佚題

當年議會作民喉，松柏長青不老求。善養精神如瘦鶴，難忘歲月似閒鷗。
壇中名仰詩無敵，天上星輝酒共酬。一世紀過騷客賀，稱仙陸地孰能儔。

佚題

樽傾祝嘏喜揚眉，春到怡園暖自知。閱世滄桑論變幻，忘年歲月樂奔馳。
詞題競頌崗陵壽，興至豪吟富貴詩。伉儷雙雙登九十，蘭香桂馥擁高枝。

佚題

故國飄零事已非，舊時王謝見應稀。月明漢水初無影，雪滿梁園尚未歸。
柳絮池塘春入夢，梨花庭院冷侵衣。趙家姊妹多相妒，莫向昭陽殿裡飛。

佚題

撚斷莖鬚態欲狂，一秋無事為詩忙。隨風價躍雞林重，詠月門推兔魄光。
興引東籬懷靖節，句留正氣效天祥。呻吟莫笑騷人病，筆運詞裁菊蕊香。

佚題

鐘聲鉢韻振臺疆，金碧輝煌滿殿香。菊圃花開徵萬壽，竹林土淨兆千祥。
問誰才捷憑叉手，愧我詩枯苦索腸。慶誕筵開嵩嶽動，呼聲貫耳俗情忘。

附錄

莫月娥先生年表

楊維仁　初擬

紀年	年齡	重要事蹟	詩壇相關時事	備注
昭和九年 民國二十三年 1934	1	七月二十五日生於台北。		祖籍福建省福州市莫朱村。
民國三十八年 1949	16	從捲籟軒書齋黃笑園夫子學。		
民國四十五年 1956	23	八月，詩作開始發表於《詩文之友》。		
民國四十六年 1957	24	三月，詩鐘〈光復一唱〉榮獲《詩文之友》徵詩第一名。 三月，出席淡北吟社三十五週年慶，社員合影。		淡北吟社三十五週年慶合影見《捲籟軒師友集》第二十三頁。
民國四十七年 1958	25	六月，《詩文之友》刊出詩人黃文虎〈才女吟為捲籟軒女高徒莫小姐作〉。	農曆十月，業師黃笑園夫子辭世。	

民國四十八年 1959	26	出席瀛社創立五十週年紀念會。淡北吟社舉行祝莫月娥小姐國慶登高掄元擊缽，詩題〈丹桂飄香〉。		國慶登高掄元之作已佚。《中華詩苑》十一卷二期（1960.2.）刊出〈丹桂飄香〉擊缽詩錄。
民國四十九年 1960	27	十一月，出席淡北吟社祝李正明社友榮任詩文之友社副社長擊缽會，並表演吟詩。		見《詩文之友》十三卷五期刊載「騷壇消息」。
民國五十年 1961	28	一月，出席臺北市各詩社聯合歡迎日本木下周南教授擊缽吟會。		
民國五十一年 1962	29	十月，出席淡北吟社、高山文社、松社靈源寺雅集聯吟掄元。		
民國五十三年 1964	31	出席嘉義麗澤吟社歡迎臺北諸吟友蒞嘉擊缽。出席宜蘭縣聯吟大會慶祝陳進東先生當選宜蘭縣長。		

民國五十四年 1965	32	〈黛納小姐過境〉臺東寶桑吟社課題掄元。		
民國五十六年 1967	34	參與台北瀛社，深受前輩詩人蕭獻三器重。〈射虎〉頭城登瀛吟社課題掄元。		瀛社合影見《天籟吟風：葉世榮古典詩詞吟唱專輯》第五十五頁。
民國五十九年 1970	37	五月，與李性常將軍結婚，冠夫姓，身分證姓名爲李莫月娥。		十一月，《詩文之友》三十三卷一期，首次出現署名「李莫月娥」之作。
民國六十年 1971	38	子李惟仁出世。		
民國六十二年 1973	40	八月，中華民國詩社聯合社在中山堂舉行創立總會，當選爲理事。		中華民國詩社聯合社係中華民國傳統詩學會之前身，社長李建興。
民國六十五年 1976	43	開始參與台北瀛社、新竹竹社、花蓮蓮社三社聯吟。		

		邱燮友出版《唐詩朗誦》錄音專輯，收錄莫月娥先生吟唱〈江南逢李龜年〉〈夜雨寄北〉〈清平調〉，自此以天籟調吟唱聞名於大學院校。五月，參與創立中華民國傳統詩學會。	陳皆興當選中華民國傳統詩學會第一屆理事長，張國裕任秘書長。	
民國八十年 1991	58	四月，榮獲台灣省糧食局徵詩第三名。	張國裕當選中華民國傳統詩學會第六屆理事長。	
民國八十一年 1992	59	七月起，與張國裕、黃冠人擔任台北大安扶輪社暑期漢詩研習班講座，連續六年之久。		
民國八十三年 1994	61	參與台北瀛社、新竹竹社、桃園蘆社三社聯吟。	張國裕連任中華民國傳統詩學會第七屆理事長。	

民國八十四年 1995	62	四月，與中華民國傳統詩學會張國裕理事長訪問福建，出席閩台詩人聯吟大會。 八月，與張國裕、黃冠人擔任臺北市教師研習中心漢詩研習班講座。		
民國八十五年 1996	63	一月，高嘉穗臺灣師範大學音樂研究所碩士論文《臺灣傳統吟詩音樂研究》，以莫月娥先生爲台灣詩壇吟詩代表研究對象之一。 八月，與張國裕、黃冠人擔任臺北市教師研習中心漢詩研習班講座。		
民國八十六年 1997	64	六月，出席臺北市文獻會「台北詩社座談會」。 十月，獲聘中華學術院詩學研究所研究委員。 十二月，當選中華民國傳統詩學會第八屆理事。	蔡中村當選中華民國傳統詩學會第八屆理事長。	

民國八十七年 1998	65	二月，出席中華詩學研究所創立三十周年慶，詩鐘〈詩學六唱〉掄元。		
民國八十八年 1999	66	出席江西龍虎山詩人大會。 九月，洪澤南籌製《大家來吟詩》錄音專輯，由萬卷樓圖書公司發行，收錄莫月娥先生吟唱〈木蘭詩〉。		
民國八十九年 2000	67	七月至八月，與張國裕擔任新竹竹社詩詞吟唱與習作指導老師。 十二月，當選中華民國傳統詩學會第九屆理事。	蔡中村連任中華民國傳統詩學會第九屆理事長。	
民國九十年 2001	68	五月，《文訊月刊》刊出〈作詩、吟詩與教唱的人生——專訪莫月娥〉。		

民國九十二年 2003	70	一月，發行《大雅天籟：莫月娥古典詩吟唱專輯》，楊維仁製作，萬卷樓圖書公司出版。 二月，出席網路古典詩詞雅集一週年慶暨《網川漱玉》新書發表會。 十一月，與張國裕、楊維仁擔任台灣省中等學校教師研習中心詩詞吟唱講座。 十一月，當選中華民國傳統詩學會第十屆副理事長。	陳焙焜當選中華民國傳統詩學會第十屆理事長。	《大雅天籟》版權頁誤植爲九十一年一月出版。
民國九十三年 2004	71	一月，與張國裕、楊維仁擔任台灣省中等學校教師研習中心詩詞吟唱講座。 八月，參與天籟吟社社員重新登記。	張國裕主持天籟吟社社員重新登記，並擔任社長。	

		十一月，代理中華民國傳統詩學會理事長。 十二月，代理主持中華民國傳統詩學會全國詩人聯吟大會。	十一月，中華民國傳統詩學會陳焙焜理事長辭世。	
民國九十四年 2005	72	三月，與張國裕、楊維仁擔任台灣省中等學校教師研習中心詩詞吟唱講座。 七月，夫李性常將軍辭世。		
民國九十五年 2006	73	十二月，當選中華民國傳統詩學會第十一屆副理事長。	簡華祥當選中華民國傳統詩學會第十一屆理事長。	
民國九十六年 2007	74	四月，楊湘玲在《臺灣音樂研究》第四期發表〈淺探臺灣傳統吟詩調的音樂結構：以「天籟吟社」莫月娥所吟七言絕句爲例〉。		

民國九十八年 2009	76	十二月，當選中華民國傳統詩學會第十二屆副理事長。	謝清淵當選中華民國傳統詩學會第十二屆理事長。	
民國九十九年 2010	77	十一月，接任瀛社聯絡人。	二月，歐陽開代接任天籟吟社社長。 十月，天籟吟社名譽社長、瀛社聯絡人張國裕辭世。	台北瀛社慣例不設社長，僅設聯絡人。
民國一〇〇年 2011	78	六月，出席臺北市天籟吟社立案成立大會，當選第一屆理事。	歐陽開代當選臺北市天籟吟社第一屆理事長。	
民國一〇一年 2012	79	二月，應邀出席網路古典詩詞雅集十週年慶暨網雅詩獎頒獎典禮，吟唱首獎何維剛詩作。 十二月，當選中華民國傳統詩學會第十三屆副理事長。	謝清淵連任中華民國傳統詩學會第十三屆理事長。	

民國一〇二年 2013	80	七月，獲聘臺北市天籟吟社顧問。 八月，國立臺灣文學館「戰後臺灣古典詩特展」揭幕，應邀擔任吟唱示範，廣受媒體報導。 十月，出版《捲籟軒師友集》（與黃笑園、唐羽、黃篤生合著），楊維仁主編，萬卷樓圖書公司出版。	歐陽開代當選臺北市天籟吟社第二屆理事長。	
民國一〇三年 2014	81	十一月，出席天籟吟社歡迎日本吟院岳精會吟唱交流雅集，應邀吟詩。 十二月，獲聘財團法人黃笑園文學基金會顧問。	財團法人黃笑園文學基金會成立，黃素鍾任董事長，出版《捲籟軒黃笑園詩集》。	

民國一〇四年 2015	82	四月，應邀出席中央大學「張夢機教授紀念文物展暨詩歌吟唱會」吟唱張夢機詩作。 六月，獲聘臺北市天籟吟社顧問。 十二月，當選中華民國傳統詩學會第十四屆副理事長。	姚啓甲當選臺北市天籟吟社第三屆理事長。 簡華祥當選中華民國傳統詩學會第十四屆理事長。	
民國一〇五年 2016	83	三月五日，出席在新竹關帝廟所舉行之澹竹蘆三社聯吟。 三月十三日，出席在三千教育中心所舉行之臺北市天籟吟社春季例會。		

民國一〇六年 2017	84	二月，出席天籟吟社春酒，向社員致意。 五月七日辭世。天籟吟社成立治喪委員會。 六月四日，天籟吟社印行《天籟吟社顧問李母莫太夫人月娥女史哀思錄》。		
民國一一〇年 2021		五月，天籟吟社編印、萬卷樓圖書公司出版《莫月娥先生詩集》。		

大雅天籟序

（本文原載於莫月娥吟唱、楊維仁製作《大雅天籟：莫月娥古典詩吟唱專輯》，2003年1月）

吟詩，意為吟唱詩詞。漢詩，一名傳統詩，又名古典詩，其吟唱方法，往昔教授者不多。吾社溯自「礪心齋」設帳時期，即因師門嫻熟聲樂韻曲之學，故授課內容以誦讀、吟唱、創作並重，而所吟詩詞獨創一格，平仄分明，抑揚叶律，久蒙斯界推許。尤其日治時期詩社林立、詩人輩出，其中能吟出大漢詩聲而使日人嘆服者，唯吾社創辦人林述三先生一人而已，是故承蒙全臺吟壇先進以「天籟調」名之。

吾社所授吟詩之法著重於：

一、由丹田發聲，聲貴自然，忌矯飾。

二、聲韻宜清，平仄分明，抑揚叶律。

三、吟出作者心聲，抒發詩情，雅引嚶鳴。

天籟吟調承蒙大專院校暨各界廣為傳唱，數十年來頗負盛名。然本社一本師門訓誨，未敢敝帚自珍，素將天籟吟調公開於詩詞同好，冀使雅風遍布，同享如詩人生。

莫月娥女士，係吾師伯笑園黃文生先生（「天籟三笑」之一），主持「捲籟軒」書房）令高徒也。自幼賦性聰敏，穎悟異常，於捲籟軒勤習術業有成之後，即以推廣詩教為抱負，數十年來讀詩、作詩、吟詩，始終未改其志。尤其自青年時期起，即於各處教授吟詩，吟蹤不惟遍布台澎各地，更遠及神州大江南北，以此享譽騷壇，咸推為當今台灣吟詩冠冕。

此次「大雅天籟」專輯出版，乃吾社社員首次發行「天籟調」之吟唱專輯，對耽於吟詩者，或可視為矩度。不揣譾陋，略綴片語為序。

公元二〇〇二年冬　天籟吟社社長　**張國裕**　謹誌

作詩、吟詩與教唱的人生——專訪莫月娥

◎鄭垣玲、顧敏耀

（本文原載於《文訊月刊》187 期，2001 年 5 月）

莫月娥，台北人。國小肄業。長期致力於傳統詩的推廣。現爲中華民國傳統詩學會理事。

莫月娥，生於一九三四年，台北人，幼年受過五年的日本小學教育，而傳統的詩文素養則是在私塾中養成的——在十幾歲時，師事稻江「捲簾軒」書房黃笑園先生，學業有成之後便一直致力於傳統詩的推廣，對於詩之教學不遺餘力，本身也很擅長作詩。而近年來反倒是「吟詩」方面更受人重視，其「天籟調」的吟唱方式，抑揚頓挫、聲調鏗鏘，十分受大眾喜愛，因而四處講學。目前為中華民國傳統詩學會理事。其作品散佚甚多，尚待蒐集整理。

1

莫月娥老師近來以「傳統詩吟唱推動者」聞名，事實上，莫老師說她以前在私塾中，主要是讀傳統詩文以及學作詩，「吟唱」只是附加學習的而已，沒想到這幾年來社會大眾反倒對於「吟詩」比「作詩」更有興趣。台灣傳統詩風從清領時期以降便十分興盛，全國詩社成立甚多，莫月娥的老師「捲籟軒書房」黃笑園先生，是「台北三笑」（用「虎溪三笑」之典故）：笑園、笑雲、笑巖之一，黃笑園先生更是台北大稻埕中街「礪心齋書房」林述三先生的高足。林述三在一九二一年創立了「天籟吟社」，其本身便長於詩作且頗擅吟詩，其吟詩曲調至今仍傳唱不輟，即是人稱「天籟調」者。林述三幼年曾經就學於廈門玉屏書院，所吟曲調可能即是在當時習得，但是，因為「天籟吟社」所處之大稻埕乃以泉州人為主的地區，所以其吟詩所用之語音又大部分以泉州音調為主，「天籟調」可說是融合了漳州（廈門）以及泉州兩方的特色。

莫月娥會從事此項推廣傳統詩歌創作及吟唱的工作，主要是因為個人的興趣以及文化傳承的使命感。她覺得用所謂的「國語」（北京話）吟詩，很難表現出詩歌音調中蘊藏的神韻，尤其是唐詩，如果用所謂的「台語」（鶴佬話）來唸，則更容易領略到原作者創作時，透過字音的抑揚頓挫所表現出來的情感。鶴佬人常以「唸歌」、「唸歌仔」、「唸歌詩」來指稱「唱歌」，將「唸」與「唱」的語意混在一起。其實，台灣的傳統詩歌吟唱便是如此，融合了「吟唸」以及「歌唱」，莫月娥強調說：詩歌吟唱是跟戲曲那種先有曲調再填詞的型式不同，戲曲、長短句等所著重的在「曲調」方面，而吟唱則是以詩文本身為主，透過字音的平仄來表現其曲調，所以，不同平仄型式的詩，吟唱起來，曲調便會不一樣，而一般都是以清唱為主，若有伴奏則用簫、笛、揚琴等。

莫月娥自從「出師」之後，便以教導社會大眾作詩、吟詩為主要志業，至今教學時光已經五、六十年，教授的對象有一般社會人士，也有學校裡的老師、學生，有阿公阿媽級的，也有小朋友，學生層次分佈甚廣。曾經在各電台、基金會、教師研習中心、學校、救國團等地點教唱。學生們有的是為了興趣、對傳統文化的熱誠而來，有的是為了養生（因為吟唱時要用丹田的力氣，可以藉此調氣、養生，莫老師説她因為練吟唱，身體一直十分健康，極少感冒），老老少少都很用功學，這令她感到很欣慰。可是，像教師研習營中，有些老師只是為了「研習條」而來，沒有持續的學習，沒多久就忘了，遑論再教給學生；而邀請她去教吟唱的單位，也往往只是一時的興起，沒有長期、定期學習的計畫，這些都是莫月娥感到十分遺憾的。而且像文建會之類的文化建設、推廣單位，也往往沒有全面的接觸台灣本土的傳統文化，經費都偏重在某些民俗、藝術表演（像是戲曲），關於傳統詩歌吟唱方面，能留心、注意甚至能加以發揚的人太少了。莫月娥覺得：文化的傳承就是要點點滴滴、一代一代的累積，不敢奢望所有的人都來學，只希望有一群有心的人能將此傳統的文化流傳下去，一直賦予它生命力，這就很令人欣慰了。

她同時也覺得，在這方面政府做的實在太少，主要都還是靠民間的力量，這項文化才能多年來「不絕如縷」。可是，近幾年來社會變化快速，如果再不好好有計畫的保存，前景實在堪慮。

2

莫老師也提到，她去中國大陸參加研討會後的感想，她說：

那次去江西的龍虎山參加詩學的研討會，那邊的老師說他們在學校裡上課除了教「普通話」之外，跟學生們主要仍然以「家鄉話」溝通。難怪他們普通話雖然講得很好，可是家鄉話也很流利，跟台灣相較實在好很多：台灣的母語流失速度太快了！

莫月娥指出，所謂「國語運動」不只造成現在老一輩的人（除了新住民）要融入社會、獲取資訊時的困難，要跟晚輩們溝通、傳承文化時也產生障礙，現在不管是原住民、客家人、鶴佬人的青少年、兒童，如果能夠聽得懂自己的母語就很難得了，至於還能夠講得流利的幾乎找不到。這也是台灣傳統詩歌吟唱推行的成效有限、台灣各地傳統詩社大多是老人家的主要原因之一。

莫月娥對於作詩的興趣並不減於吟唱。台灣傳統詩社的作詩形式最普遍的即是「擊缽吟」——不管是詩社本身的「例會」或是各詩社之間的「聯吟」皆然。而所謂的「擊缽吟」，莫月娥說：就是在限制的時間內，用他們規定的題目、用韻、形式（一般是七言絕句）來作詩，在時限內做好之後，交由「詞宗」（從一位到多位：左、右詞宗；天、地、人詞宗；春、夏、秋、冬詞宗……等）來評定排名。透過「擊缽吟」這樣的活動，有競爭性就會有進步，莫月娥說：

在短短二十八字之中，要合乎平仄規律、又要押好韻、並要有深刻的含意、典故也要運用的好，真的很不簡單，程度到哪裡都可以看出來，如果作不好，回去就再好好用功。而所限制的時間越短，自然難度也越高，可以自己衡量自己的能力大概到那邊，就像賭博要賭多大也是看自己的能力一樣。

這樣「作詩比賽」的活動，對於台灣傳統詩的興盛、普及，實在是有推波助瀾的作用，而且也產生了不少優質的作品。當我們問她：是否有將自己的作品收集整理起來呢？她說：大部分都散佚了，只有一些「得意之作」還隱隱約約記得，她沉吟了一會兒，想起她在某年的端午節有做過一首〈競渡〉：「喧天鑼鼓賽江湄，力敵雙方志奪旗，何日三湘同弔屈，龍舟水上決雄雌」，並當場吟唱給我們聽，的確是抑揚頓挫極為分明，她再次強調：「用『台語』（鶴佬話）來念傳統詩，味道才會出來」。

3

莫月娥說，目前在台灣，像她一樣的「傳統詩推廣者」頗多，能吟詩者也不乏其人，各地的唱腔、曲調也各具特色，而台灣的傳統詩作家、團體也有自己的刊物，例如以新住民為主的《中華詩學》雜誌、以舊住民為主的《台灣古典詩》雙月刊等，《台灣古典詩》雙月刊還獲得了行政院文建會的「優良詩刊獎」。而各詩社的例課、聯吟活動也都定期、不定期的在舉辦，而很多詩人都不只參加一個詩社，其實，台灣傳統詩的活動是比一般人想像中的還要熱烈，像莫月娥參加的詩社之一：台北「瀛社」，便與桃園的「桃社」、新竹的「竹社」固定每兩個月會有一次「聯吟」的聯誼會，由三個詩社輪流作東舉辦。

莫月娥說，她很感謝小時候父母能讓她有機會去接觸台灣的古典詩文，也感謝私塾裡老師的教導，讓她即使年歲日高，卻也能作詩自娛、吟詩養生，更能四處教學，與社會大眾分享自己作詩、吟詩的喜樂，她認為「不為功名亦讀書」這樣的純粹與興趣的心態很重要，如果只是為了現實功利的目的而來做一件事，往往是持續不久的，莫月娥並以此句話來跟大家共勉。

古典詩吟唱經驗談

莫月娥

（本文原載於莫月娥吟唱、楊維仁製作《大雅天籟：莫月娥古典詩吟唱專輯》，2003年1月）

《詩序》云：「詩者，志之所之也。在心為志，發言為詩。情動於中而形於言，言之不足，故嗟嘆之。嗟嘆之不足，故詠歌之，詠歌之不足，不知手之舞之，足之蹈之也。」可見詩歌的吟詠是出於一種自然的情感反應。往往我們在不同的時間吟同一首詩，由於處境與情緒的不同，所吟詠出來的感覺也不盡相同。既然吟詩是自然而然的情感抒發，因此吟詩並沒有所謂固定的套譜，乃是依照詩句文字的平上去入自然發揮，使其產生抑揚頓挫的聲調。

每個人聲音稟賦有所差異，吟詩不妨各依其性發揮，首先，咬字要準確，然後要能掌握詩中的意境與情感，再按照詩句平仄抑揚的特性自然吟出。只要能正確讀出文字的聲調以及掌握吟唱時的節奏與情緒，相信每個人都一定更能體會，詩的吟唱是一種近乎天籟的音樂。

◎平仄抑揚

傳統詩原本就是具有音樂性的文學，吟詩時要依照字聲的平仄，自然表現出詩的節奏感。所以吟詩者不僅要領會詩中的情境與意涵，也要瞭解字聲的平仄，吟詩時才能充分流露出傳統詩的韻味。

不論吟唱近體詩或古體詩，大體而言：凡遇平聲字則聲音拉長，展現悠揚之美；若遇仄聲字則聲音較短，展現頓挫之美。值得留意的是，遇平聲字拉長聲音時，以自然悠揚為原則，切忌花俏矯飾，倘使吟詩者中氣不足以延續長久，則勿以斷續綴連的聲音來延長，一氣呵成才能表現吟詩的韻味。

◎呼吸調整

吟詩時，氣自丹田發出，切勿強用喉嚨放大聲量。吟出起句之前，先作深呼吸，然後吐出聲音。吟詩時一面吟詩，一面調整氣息。遇到詩句的情境轉為高亢激昂之前，先作深呼吸換氣，再將聲音迸出！試以魏武帝《短歌行》為例說明：

短歌行　　曹操

對酒當歌，人生幾何？譬如朝露，去日苦多。
慨當以慷，憂思難忘。何以解憂？惟有杜康。
青青子衿，悠悠我心。但為君故，沉吟至今。
呦呦鹿鳴，食野之苹。我有嘉賓，鼓瑟吹笙。
明明如月，何時可掇？憂從中來，不可斷絕。
越陌度阡，枉用相存。契闊談讌，心念舊恩。
月明星稀，烏鵲南飛。繞樹三匝，無枝可依。
山不厭高，水不厭深。周公吐哺，天下歸心。

在起句「對酒當歌」吟出之前，先作深呼吸，以凝聚起句的力量。吟詩時一面調整氣息，例如可在「惟有杜康」之後換氣，再徐緩吟出「青青子衿」一段。

「月明星稀」以下八句應是全詩最為慷慨激昂之處，所以在吟罷「心念舊恩」一句後應作深呼吸，然後衝出「月明星稀」以下四句。吟至「無枝可依」之後，氣息又已將盡，因此在「山不厭高」之前再深呼吸，以推出下一個高潮！

◎押韻變化

吟詩時以押吟唱平聲韻的作品較好表現，遇平聲韻腳處即予拉長，表現出悠揚的韻味；若遇仄聲韻腳，仍然不宜將韻腳拉長，為避免呆板，可在仄韻韻腳前的平聲字加以變化。試以柳宗元《江雪》為例說明：

江雪　　柳宗元

千山鳥飛絕，萬徑人蹤滅。
孤舟簑笠翁，獨釣寒江雪。

首句「千山鳥飛絕」韻腳的「絕」字不宜拉長，所以「飛」字特意延長，以求變化；同理，次句韻腳「滅」字不宜拉長，所以特意延長「蹤」字；轉句「孤舟簑笠翁」的「翁」字雖非韻腳，卻仍延長吟唱；結句的「雪」字也不拉長，所以在「雪」前面的「江」字來變化。

◎近體詩吟唱舉例說明

絕句與律詩平仄格律整齊，尤其能表現出傳統詩的音樂特性，所以尤須體會詩句中平仄交疊的特性，所以要先認清這首詩是平起或仄起，然後才能掌握平仄抑揚頓挫。（由於近體詩各句的首字的平仄往往有所變化，所以平起仄起，以首句第二字為準。）。一般而言，吟詩時平聲較長而仄聲較短，但是平聲之中長短亦有區別，以在節奏點以及韻腳處較為延長。平起、仄起二式各有其節奏點，在此以各舉一首絕句為例，說明其吟詩要點。

早發白帝城　李白

朝辭白帝彩雲間，千里江陵一日還。

兩岸猿聲啼不住，輕舟已過萬重山。

此詩為平起，第一句起頭「朝辭」二字俱為平聲，但是僅在第二字「辭」字處拉長。第六字「雲」字也是節奏點，應該拉長。「間」是韻腳，宜悠遠綿長。

第二句首字「千」字平聲，放在原來仄聲的位置，所以不須太過延長。「江陵」二字俱為平聲，但是僅在第四字「陵」字處延長。「還」字韻腳，特意拉長。

第三句「猿聲」二字俱為平聲，但是僅在第四字「聲」字處延長。第五字「啼」也是平聲，也要延長諷誦。末尾「住」字仄聲，不宜拉長。

第四句開始「輕舟」二字都是平聲，但是僅在第二字「舟」字處拉長。第六字「重」字也在節奏點，應該拉長。「山」是韻腳，宜特意延長。

烏衣巷　劉禹錫

朱雀橋邊野草花，烏衣巷口夕陽斜。
○•○○••○　○○•••○○
舊時王謝堂前燕，飛入尋常百姓家。
•○○•○○•　○•○○••○

此詩為仄起，第一句「橋邊」二字俱為平聲，但是僅在第四字「邊」字處延長。「花」字韻腳，特意拉長。

第二句起頭「烏衣」二字俱為平聲，但是僅在第二字「衣」字處拉長。第六字「陽」字也是節奏點，應該拉長。「斜」是韻腳，宜綿長。

第三句第二字「時」字處應予延長。第五六字俱是平聲，但僅在「前」字延長。末尾「燕」字仄聲，不宜拉長。

第四句「尋常」二字都是平聲，但是僅在第二字「常」字處拉長。第七字「家」是韻腳，宜特意延長。

個人所吟唱的李白《清平調》三首，雖為入律的絕句，但是帶有樂府詩的性質，所以吟詩時，另有特殊變化之處，特別舉第一首首句加以說明。

清平調　李白

雲想衣裳花想容，春風拂檻露華濃。
○●○○○●○　○○●●●○○
若非群玉山頭見，會向瑤臺月下逢。
●○○●○○●　●●○○●●○

「雲」字特意拉長，表現綿長的韻味；「想」字稍作短暫停頓；「衣裳」二字俱為平聲，但是僅在第四字「裳」字拉長；第五字「花」字平聲，再拉長；

第六字「想」字，再一次短暫停頓；末字「容」字為韻腳，因此再度延長吟唱。首句「雲想衣裳花想容」隔著兩個「想」字暫頓，分為三段諷誦。

◎結　語

吟詩是吟唱者掌握詩的意境與聲韻，自然而然抒發情感，吟出行雲流水般的天籟之調。傳統的吟詩乃是依照文字的平仄自然發揮，使其產生抑揚頓挫的韻律，所以，個人並不主張將吟詩的方式記成五線譜的方式來「歌唱」，按照樂譜一板一眼的歌唱，在我看來，這會妨礙吟詩的韻味。此外，吟詩是否能夠感動人心，雖然與吟唱者對詩的體會和掌握關係密切，但是所吟的這首詩本身文字聲韻的表現也是一個關鍵，並非每一首詩吟唱出來都是悅耳動聽的，所以，吟詩也要選擇能夠順適表達音韻情感的詩作。

天籟吟社顧問李母莫太夫人月娥女史哀思錄

天籟吟社顧問李母莫太夫人月娥女史於民國百又六年五月七日辭世，感謝諸多詩友惠贈哀輓詩聯，謹依來稿順序刊登如後，以為永懷。職稱以當時自署為準。

輓　聯

月下天音猶繞耳，形容絕響；
娥中詩句更揚眉，風雅無雙。

臺灣瀛社詩學會副理事長　康濟時　敬輓

月隱西山，俗世清輝黯；
娥留古調，人間雅韻傳。

中華民國傳統詩學會顧問　王宥清　敬輓

月曜詩壇，天籟遠傳師道仰；
娥皈佛國，梵音超度母儀垂。

台北市文山吟社　賈偉芳　敬輓

名播三臺，調協清平傾藝苑；
婺沉一日，輝潛箕尾愴吟壇。

中華民國傳統詩學會副理事長　黃冠人　敬輓

月暗北臺，緬憶清輝光翰苑；
娥飛仙界，長留德化惠人間。

中華民國傳統詩學會名譽理事長　簡華祥　敬輓

儒林興漢學，桃李崢嶸垂雅範；
蓬島殞文星，鷺鷗敬悼仰高風。

台北市文山吟社前理事長　謝滿吉　敬輓

天妒女宗，寶婺星沉，詩壇遺懿範；
鉢欽吟調，奇才鶴杳，史乘仰文風。

旗峰詩社榮譽社長　曾景釗　敬輓

一代詞宗譽女史，詩風永頌；
千秋吟調悼文星，藝苑咸悲。

旗峰詩社社長　曾俊源　敬輓

月照瑤池，逸韻悠揚天籟調；
娥隨聖母，眞經朗誦漢家詩。

中華民國傳統詩學會副理事長　吳春景　敬輓

星沈女史，典範長存，揚風尊泰斗；
天妒詩才，文章永著，扢雅失宗師。

中華民國傳統詩學會常務理事　龔天耀　敬輓

天籟紹元音，教澤長存欽藝界；
靈幃瞻遺照，芳徽緬憶痛心頭。

新北市灘音吟社理事長　洪世謀　敬輓

詩教弘宣，天籟元音揚寶島；
坤儀著範，莫家才女赴瑤池。

新北市貂山吟社副理事長　林晴夫　敬輓

鴻藻冠蓬瀛，詩學縱橫師最著；
訃音傳藝苑，陰陽兩隔生何堪。

台北市文山吟社社長　劉秋惠　敬輓

詠絮高材，缽繼笑園，握瑜懷瑾鷺鷗仰；
消香綉榻，徽遺藝苑，折玉摧蘭戚友悲。

台北市文山吟社前社長　陳琳濱　敬輓

馳名藝圃，彤管揚芬，鷗鷺苔岑皆敬仰；
返駕瑤池，綉幃香冷，鄉寅戚友盡傷悲。

台北市文山吟社　朱毓玢　敬輓

月自碧天沉，留誦剩聞天籟調；
娥揚賢姆訓，傳承恆信佛家庭。

忘年交　竹南　陳俊儒　敬輓

月向西沉，夙業還完隨佛去；
娥隨夢化，塵緣已了涅槃歸。

苗栗縣國學會全體同仁一仝　敬輓

月落星沉，騷壇詠絮高才失；
娥傾婺墜，天籟吟聲美調懷。

中華詩壇　楊龍潭　敬輓

紅塵豈白來，國內風流天籟調；
碧落終仙去，靈前痛劈伯牙琴。

中華詩壇　張儷美　敬輓

天籟尊師表，一代吟聲憑化育；
騷壇殞典型，全台星斗黯光芒。

龍山吟社理事長　張錦雲　敬輓

礪心緒纘漢語唐音，或吟或作，舊學薪傳先輩重，
天籟調吟春江花月，唯北唯南，詩聲沾溉後人多。

基隆市詩學會創會會長　邱健民　敬輓

大雅無慚，往事如煙，最憶吟場風骨健；
耆老凋零，宗師竟去，那堪鷗海浪濤哀。

基隆市詩學研究會理事長　李晨姿　敬輓

畢身奉獻，德範風人，薪傳吟唱三千士；
彩筆生花，明燈照世，詩教修持八四齡。

基隆市詩學研究會總幹事　黃葉碧　敬輓

天籟清吟，譽揚詩國，求諸當今能有幾；
人琴頓杳，文修天上，哀哉一別竟何堪。

基隆市詩學研究會常務監事　許美滿　敬輓

笑園培女史，詩文傳世珠璣品；
天籟悼宗師，桃李成蹊錦繡才。

中華民國傳統詩學會監事　楊東慶　敬輓

慈竹風摧，月範永垂家國史；
西山日落，娥容猶繞子孫行。

中華民國傳統詩學會監事　陳連金　敬輓

莫氏太夫人，夏月驚聞歸佛國；
詩吟天籟調，元音廣播振鯤疆。

陳燦榕　敬輓

晝荻和丸起元音，名重雞林，愴斯容已杳；
長吟高詠傳天籟，世歌麟趾，幸彼學於昭。

晚學　瀛社　許哲雄　敬輓

騷壇泰斗，八四齡高登佛境；
國學大師，一朝含笑上西天。

中華民國傳統詩學會理事　黃玉喬　敬輓

訪鶴詞家，墨倒三江水；
觀蓮才女，詩吟八古音。

張耀仁　敬輓

訃訊震蓬瀛，天籟社尊名顧問；
哀音傳北市，騷盟詩弔女宗師。

鬢江　王　前　拜輓

噩耗驚聞，騷壇痛失名詩姥；
書香遠播，藝苑同悲殞婺星。

雲林縣傳統詩學會理事長　李仁忠　敬輓

所吟李白清平調，最是人間天籟；
此去劉安汗漫遊，已成雲上霓裳。

草屯登瀛詩社社長　許賽妍　敬輓

月照人間，天籟承傳神韻在；
娥飛世外，詩經化育德容存。

草屯登瀛詩社副社長　徐炎村　敬輓

天籟調吟，譽飲騷壇成絕妙；
瑤池駕返，音傳寶島導新聲。

高雄市詩人協會理事長　曾人口　敬輓

月暗星沈，天上修文，年臻八四；
娥妍眉展，國中著譽，籟響三千。

臺南市國學會會長　吳登神　敬輓

笑園爲學，詩著全台，星沉珠玉在；
道韞能吟，調推天籟，音斷鷺鷗哀。

中華民國傳統詩學會理事　黃色雄　敬輓

月姐擅吟哦，仙界廣傳天籟調；
娥眉嗟訣別，人間空羡莫詩聲。

中華民國傳統詩學會顧問　陳富庠　拜輓

風雅佈騷壇，巾幗詞宗人已杳；
聲名傳藝苑，賢慈典範世同欽。

蘆墩詩社社長　廖育麟　拜輓

月女才高詩詞並麗，婺星沈寶島；
娥名學富蘭桂騰芳，仙鶴返瑤池。

中華民國傳統詩學會常務監事　洪龍溪　敬輓

名重騷壇，昌詩報國千秋仰；
魂歸佛國，懿範長留萬古崇。

桃園市以文吟社社長　朱英吉　敬輓

詩立瀛疇三百紀，吟吭尚調和，敢推女史居其冠；
學承漢賦二千年，蕙芬而擅詠，追詰古今孰與儔。

唐　羽　敬輓

輓詩

弔莫月娥老師

新竹詩社　古自立　敬輓

驟聞噩耗苦難支，涕淚靈前弔莫師。
細語關懷猶在耳，欲尋重會夢瑤池。

哀莫月娥老師

新竹詩社　柯銀雪　敬輓

天籟吟聲絕響離，重溫舊唱憶先師。
飄香藝苑芳徽在，恭弔文星我獻詩。

悼莫月娥老師

新竹詩社　蔡瑤瓊　敬輓

終歲旗袍讚大方，騷壇副座眾稱揚。
韻延天籟元音振，力輔親兒成就彰。
處世待人心厚道，聯吟扢雅志堅強。
齡方八四西歸去，行誼每思痛斷腸。

敬悼莫老師千古

驚聞莫老別塵緣，去歲秋遊體尙堅。
竹社同仁悲國寶，騷壇鷺侶慟前賢。
曾聆大雅詩歌韻，更讀風華彩藻篇。
八四高齡歸淨土，永留天籟美音傳。

新竹詩社　黃　瓊　敬輓

敬弔莫老師

女史凋零午節前，瑤池奉召佐詩仙。
調吟天籟誰能繼，藝苑空遺翰墨緣。

中華民國傳統詩學會顧問　王宥清　敬輓

弔莫月娥老師

震撼詩壇淚滿腮，銜悲白鷺亦含哀。
空留一曲清平調，追憶莫師心痛哉。

新竹詩社　林明珠　敬輓

敬弔莫月娥老師千古

天籟清吟竟斷弦，忍令鳴鳳駕成仙。
宗師風範長追憶，竹社苔岑涕淚漣。

新竹詩社　林素娥　敬輓

李母莫老夫人靈右

中華民國傳統詩學會副理事長　黃冠人　敬輓

畢生享望擅元音，獨美郢中遐邇欽。
系出榕城崐嶠徙，門追幕府稻江臨。
詩昌秀毓原伸志，義仗仁施未惜金。
慟地熙和驚霹靂，婺星斂彩哭情深。

懷鐸盟莫老師兼悼張老師天倪

臺北　黃冠人　敬輓

卅載同驅絳帳籌，弘揚漢學歲無休。
西東南北詩聲振，春夏秋冬俊彥蒐。
共許一心回劣勢，曾欽兩老獻嘉猷。
莫師駕杳張師去，豈爲玉宮文賦求。

敬悼莫老師月娥

末學　許又勻　敬輓

月娥本是上天仙，謫住人間八四年。
佳著千篇貽後輩，繞樑吟韻植心田。

敬悼莫月娥老師仙逝

長安詩社　葉金全　敬輓

天籟元音詠絮才，師承捲籟笑園培。
吟聲乍斷仙遊去，懿德長留孰不哀。

悼念莫月娥老師

長安詩社　李珮玉　敬輓

莫師天籟久聞名，時憶長安課後生。
乘鶴此番西土去，今人更念舊吟聲。

註：莫老師曾於民國84～85年間來長安西路上的「臺灣歌仔學會唐詩班」(長安詩社前身)授課吟唱。

哀悼李母莫太夫人仙逝

中華民國傳統詩學會名譽理事長　簡華祥　敬輓

杜宇聲殘初夏時，傷看李母赴瑤池。
臨風忍讀高山句，詠絮猶懷才女詩。
天籟門牆欽雅範，吟壇擘指仰宗師。
稻江流水聽嗚咽，伴奏蒿歌入海涯。

悼莫月娥老師

許今珍　敬輓

驚聞噩耗不勝悲，痛殞騷壇天籟師。
幸是吟聲欣有繼，翩僊羽化返瑤池。

弔莫師

新竹詩社　李秉昇　敬輓

儒林痛失女詩人，天籟調吟惟一身。
三社情衷誠可貴，千篇思藻又傳薪。
媳賢子孝饒清福，聖訓家規乃重仁。
典範流芳歸淨土，莫師善果伴天神。

弔莫師

新竹詩社理事長　許錦雲　敬輓

莫師國學早名揚，望重儒林六十霜。
飽讀詩書勤不輟，品評經典力宣揚。
薰陶子嗣名門繼，化育春風偉績彰。
天籟調吟難再現，今無罣礙到仙鄉。

弔莫師

猶記莫師舊港行，今聞噩耗倍傷情。
慈顏已杳群儒頌，雅範追思表至誠。

新竹詩社　蔡松根　敬輓

弔莫師

功勳天籟顯才能，句秀詞雄莫老稱。
全國騷人懷偉績，今朝佛召列仙登。

新竹詩社　林秀華　敬輓

莫老師拜祭詩

天籟悠揚吟韻陪，莫師麗藻響三台。
頃聞國寶仙鄉去，雅範長留著譽哉。

新竹詩社　王盛臣　敬輓

弔莫師

元音雅韻力傳揚，天籟儒師盛譽彰。
乍暗吟星歸佛域，兒孫鷺友慟心腸。

新竹詩社　陳千金　敬輓

敬悼莫月娥老師仙逝

台北市文山吟社前理事長　謝滿吉　敬輓

黃梅時節緬儒師，聖道傳薪德澤垂。
天籟調吟稱絕唱，詩歌悼念倍哀思。

敬弔李母莫太夫人仙逝

中華民國傳統詩學會理事　連嚴素月　敬輓

驚聞莫姥已登仙，痛失騷壇一大賢。
天籟調吟成緬憶，詩風雅範永流傳。

莫月娥詞丈輓詩

彰化縣國學研究會理事長　巫漢增　敬輓

系出閩侯彤管揚，驚聞惡耗痛騷場。
礪心淵遠乾坤壯，捲籟門深日月長。
詩樂雙全宣國粹，慈悲一世令哀傷。
而今扢雅成千古，果滿身登極樂鄉。

莫月娥詞長千古

曲揚天籟譽全台，噩耗何堪乍接來。
一代宗師垂懿範，千秋韻學賴精裁。
騷壇痛失探驪手，藝苑難尋吐鳳才。
世仰仁懷莫詞長，靈前詩弔淚盈腮。

中華民國傳統詩學會理事　吳振清　敬輓

恭悼莫月娥詞長千古

驚聞莫姥返瑤池，噩耗傳來戚友悲。
憶昔常吟天籟調，如今只見故人詩。
才華敏捷群黎仰，子媳賢能眾口碑。
屆值端陽沉寶婺，誄章致祭共追思。

中華民國傳統詩學會副理事長　吳春景　敬輓

李母莫太夫人靈前

笑園女弟學淵深，天籟詩聲特擅吟。
律尚高風多雅什，胸羅絕藝契知音。
傳薪翰苑千秋業，報德騷壇一片忱。
應是人間功果滿，廣寒歸去了凡心。

中華民國傳統詩學會　理事長　李丁紅　敬輓

天籟吟社顧問李母莫太夫人月娥女史輓詩

南投藍田詩學研究社社長　陳輔弼　敬輓

天籟音凝苦詠呻，騷朋婉嘆憶賢人。
功留學會文風耀，德立詩壇麗澤珍。
紹繼師門勤論典，栽培學子樂傳薪。
誰知伉儷今朝會，聖境仙遊自在身。

敬悼莫月娥老師

台北市文山吟社前社長　陳琳濱　敬輓

婺星斂彩稻江湄，噩耗驚聞暗自悲。
道韞才華欽粉黛，笑園弟子壓鬚眉。
質侔和璧三生慧，文炳雕龍七字奇。
譽滿吟壇垂世範，靈前鷺侶慟哀思。

敬悼莫月娥老師

台北市文山吟社　朱毓玢　敬輓

噩耗傳來感不支，萱幃月冷麥秋時。
礪心調逸全台仰，捲籟音清眾口碑。
專輯一張功可繼，弘揚六藝志難移。
從茲雅會音容杳，慟悼靈前鷺侶悲。

敬悼莫月娥老師

噩耗驚聞感愕然，騷壇痛失月娥仙。
探驪技擅詞華麗，倚馬才高藻采妍。
力振唐音扶大雅，宏揚漢語作中堅。
雙馨藝德昌詩教，典範長教世代傳。

中華民國傳統詩學會理事　曾麗華　敬輓

敬悼莫月娥老師

繞樑吟譽佈全臺，殞逝人悲詠絮才。
天籟調傳生不愧，礪心齋著道長陪。
鏖詩勝會音容渺，琢句名言卷帙恢。
佛國皈依精魄在，騷壇望佑業崔嵬。

中華詩壇　楊龍潭敬輓

敬悼莫月娥老師

星隕少微繫慟思，騷壇無復話襟期。
廣陵調絕瑤篇在，懿範流光仰大師。

中華民國傳統詩學會理事　吳榮鑾　敬輓

月娥女史輓詞

瀛社　林正三　敬輓

一曲菱歌尚繞樑，斯人嗟已赴仙鄉。
榕城溯籍懷家國，蓬嶠羈身歷海桑。
詠絮才華閨閣艷，傳薪志業坫壇彰。
從今待欲聆天籟，更有伊誰具熱腸。

懷莫月娥老師

陳賢儒　敬輓

年年賦曲樂籬東，天韻吟開擊缽銅。
賢效籟昭和籟至，哲懷碑列壯碑嵩。
姸歡鬱浪幽陰綠，翠馥奇山醉影紅。
邊道古雲飛絮後，煙溪一止仰虛空。

謹弔莫月娥女史

中國詩人文化會副理事長　陳欽財　敬輓

榕城女史泊鵑鄉，夙慧天資捲籟揚。
曠古元音逝世際，騷壇慘寂斷人腸。

哭莫師

受業　吳茂盛　敬輓

鵑城五月熟桐花，轉籍崑崙靈未遐。
天籟羽商今絕唱，何從紺雪跡仙槎。

悼念　莫月娥詩姥輓詩

基隆市詩學會創會會長　邱健民　敬輓

石火光中八四過，婺星彩掩北城阿。
吟詩冠冕留芳範，大雅元音合太和。
捲籟草懷欽詠絜，礪心緒接起沉疴。
景行聽引菩提路，無那傷情感念多。

詩悼莫月娥老師

中華民國傳統詩學會監事　楊東慶　敬輓

奇才詠絜筆生花，博學謙沖自一家。
三社聯吟身影在，忍聞天籟不勝嗟。

敬悼莫月娥老師

陳燦榕　敬輓

噩耗驚傳莫老師，腫瘤腦部竟難醫。
調吟天籟揚寰宇，漢語唐音啓後知。

敬輓莫月娥女史

中華民國傳統詩學會理事　黃玉喬　敬輓

斯人何所止，空使淚不已。稻埠亡耆儒，傷懷展哀誄。
誰云介壽眉，鵬鳥疑有恃。鳳毛雖化泥，天籟得擅美。
華歲賦英資，崢嶸罕如爾。志學立程門，戶庭喧若市。
自茲重雞林，歌詠留青史。吟調力傳薪，騷壇聞鵲起。
年當唱關雎，奈何女代子。蹉跎未久羈，將門添燕喜。
箕帚日孜孜，焚膏作鍼黹。鶼鰈而如賓，義方成杞梓。
忽斷廣陵弦，且從邙山祀。九原奠束芻，魂兮歸蒿里。

輓天籟莫師

游振鏗　敬輓

長歌節勁短歌奇，紹領全臺肆詠詩。
已闕桃蹊鐘呂歇，騷魂欲弔鷺盟悲。

敬悼李母莫太夫人月娥女史輓詩

埔里孔子廟董事長　黃冠雲　敬輓

豪吟天籟冠斯時，譽著騷壇遠近知。
莫道無才方是德，月娥雙備一良師。

李母莫太夫人仙逝

譽揚舉國著三臺，八四修文去不回。
百態人生憑寫照，元音天籟待賡催。
賢聲傳播壇壝仰，後嗣崢嶸德澤培。
巾幗詞宗功教化，萬方懷念不凡才。

臺南市國學會會長　吳登神　敬輓

莫女史月娥仙逝

才女雕龍織藝香，星沉北斗感悲傷。
故宮傑作千家秀，譽耀鯤瀛萬丈光。

中華民國傳統詩學會顧問　洪嘉惠　敬輓

敬悼李府莫月娥女史千古

稻城巾幗仰儒宗，天籟吟聲振九重。
卒爾安詳歸佛國，一門賢孝應時雍。

天籟調吟播正聲，元音振起稻江城。
每從詩訊霑膏澤，景仰芳儀感至情。

高雄市林園詩社　魏宗男　敬輓

敬悼莫月娥女史榮皈佛國

擅美吟詩享盛名，嗟乎末學愧同庚。
早聞壇坫才華顯，更仰門庭孝道宏。
侍側高堂勤奉養，陪隨愛婿力支撐。
八旬四歲皈西土，悼念騷朋表至誠。

高雄市詩人協會顧問　劉福麟　敬輓

悼莫月娥女史

月落星沉淡北端，修文應召淚心酸。
才追道韞鷗朋仰，名著蓬萊筆力摶。
璀燦詩篇光藝苑，悠揚古調譽騷壇。
塵緣了却珠璣在，天籟元音萬世彈。

中華民國傳統詩學會理事　黃色雄　敬輓

李母月娥老太夫人靈右

翰墨交遊五秩年，如今女史竟歸仙。
調吟天籟人懷念，懿範長存賦一篇。

中華民國傳統詩學會常務監事　陳進雄　敬輓

敬悼莫月娥老師

中華民國傳統詩學會常務監事　洪龍溪　敬輓

傳來噩耗感傷悲，學富賢婆曠古奇。
八四高齡歸佛國，長留典範萬年師。

敬悼莫月娥老師

桃園市以文吟社社長　朱英吉　敬輓

詩壇女史振騷風，百世宏猷氣貫虹。
八四齡高歸佛國，千秋婦德世尊崇。

恭輓李母莫太夫人靈右

新竹縣陶社詩會理事長　羅慶堂　敬輓

薪傳復振古詩文，李母芳型道義聞。
福壽双臻眞壼範，貽祥慈蔭世長芬。

悼月娥詩家

陳子波　敬輓

其　一

鉛華洗盡句尤工，詠絮才高眾所崇。
擾擾塵凡何足戀，歸眞端合聚蟾宮。

其　二

調承天籟鑄新詞，吟侶凋零孰起衰。
悽絕及門諸弟子，心喪忍淚吊尊師。

註：古訓師故弟子服心喪，因師不是同族不帶孝。

敬悼莫老師月娥仙逝

臺北市文山吟社　賈偉芳　敬輓

孟夏淒風苦雨吟，宗師一代杳容音。
培桃育李芳徽仰，教子相夫坤德欽。
月色清華傳聖道，娥光縹緲別儒林。
清平調韻縈懷繞，鷗鷺追思淚滿襟。

輓　詞

憶王孫（調悼莫老師）

臺北　黃冠人　敬輓

聲搖山嶽仰王孫，白雪陽春嘆獨尊，載道傳薪添夙恩。
哭吟魂，桃李三千天籟門。

天籟吟社輓聯

聲滿三台，吟詩冠冕鳴天籟；
名垂千古，遺世風徽播德馨。

天籟吟社名譽理事長　歐陽開代　敬輓

譽滿騷壇，傳世高吟尊國寶；
光沉文曲，呑聲慟泣悼恩師。

天籟吟社理事長　姚啓甲　敬輓

緬懷天籟健將，芳流萬古；
追悼騷壇才女，譽滿三台。

天籟吟社　葉世榮　敬輓

一曲清平，人尊國寶，麗藻高吟留典範；
天音絕響，駕鶴仙鄉，舞衣歌扇悼恩師。

天籟吟社常務理事　周福南　敬輓

詩賦動風雲，獨步三臺天籟調；
精神昭日月，榮名兩岸女英才。

天籟吟社　張民選　敬輓

先生是巾幗英流，我輩難儔，誰料謫仙歸紫府；
弟子逢詩書教澤，斯文未喪，每聞逸唱徹青霄。

天籟吟社　陳麗華　敬輓

一代宗師，絳帳詩情天籟調；
千秋國寶，騷壇懿範古音傳。

天籟吟社　林長弘　敬輓

一代仰高才，彩筆常傳經典句；
三台存碩望，騷壇遽失女詩人。

天籟吟社　林　顏　敬輓

力振騷風，天籟鑿詩推健將；
歌殘薤露，鵑城悼淚弔完人。

天籟吟社　鄭美貴　敬輓

懿範長存，功在儒林鄉里仰。
坤儀足式，魂歸佛國桂蘭哀。

天籟吟社　蔡久義　敬輓

天籟吟社輓詩

敬悼莫月娥老師

姚啓甲

享譽騷壇國寶儔，弘揚漢學歲無休。
高吟天籟傳千古，一曲清平淚慟流。

李母莫太夫人月娥師姊靈右

鄞　強

高歌捲籟振宏聲，巾幗英賢著令名。
雅會題詞頻壓卷，騷壇競賦邁專精。
吟詩極律昂心志，落筆成章逸性情。
忽爾修文匆赴召，親朋紳仕送天京。

敬輓莫月娥老師

黃言章

三萬紅塵日，珠璣璀璨成。
升天騎鶴去，青史永鐫名。

輓莫月娥先生

洪淑珍

其　一

婺星匿彩稻江隈，天際空濛一片灰。
太息幽明成永訣，靈前瞻仰不勝哀。

其　二

處世平和雅度宜，捐輸慷慨爲昌詩。
何堪小極塵寰棄，慟失騷壇女導師。

其　三

柳絮才華希代珍，鬚眉不讓腹經綸，
門牆桃李芬芳遠，徽範長留啓後人。

其　四

追隨文會十餘年，謦欬常親別有緣。
教益趨承天籟調，師恩永念韻長傳。

其　五

暢遊歐亞憶曾經，多少旅途歡笑聲。
最是義邦投宿夜，浴池水溢一同清。

註：在義大利旅館露臺賞景，一任浴池水滿橫流，兩人以浴巾擦拭地板。

其　六

聲情詩意感人深，精彩一生耽詠吟。
彤管告休眞撒手，悲歌薤露淚沾襟。

其　七

遺篇重讀淚成行，大雅扶輪功孔彰。
此日瑤池迎返駕，吟聲定又颺仙鄉。

輓莫月娥老師

張民選

寶婺光沉五月天，遺音入耳夜難眠。
平時名氣同霜潔，往日詩心與月圓。
五指山巔安息地，十方界裏樂成仙。
文章越俗堪匡世，雅範追思痛惘然。

輓莫月娥老師

陳麗華

三曲清平調，吟聲動四垂。蓬萊尊國寶，華表仰風姿。
悵望天無眼，升沈命有時。九洲同雪涕，慟哭別吾師。

敬輓莫月娥老師

陳文識

清平調啓動三臺，下筆成詩奪錦才。
一襲青衫神俊秀，千章麗句韻明瑰。
臥床每念騷壇事，棄世長留學者哀。
應是吟聲驚太白，瑤池會唱共敲推。

懷念莫月娥老師

許澤耀

良師乍去震心驚，一代吟風奕世情。
雅韻抑揚還婉轉，清聲頓挫愈峥嶸。
玉容已遠餘音在，光碟長存舊憶縈。
天籟薪傳尊泰斗，詩壇獨步史留名。

悼莫月娥老師

李柏桐

先生才調若晶瑩，樹蕙滋蘭唱作耕。
大雅悠揚聲不止，知音低啜氣難平。
多章吟典孤風素，一曲春江共月明。
天籟長存光碟載，詩城永憶漢宗英。

敬悼莫月娥老師仙逝

林　顏

寶婺星沉慟別離，功留天籟眾皆知。
繞樑玉韻清平調，擲地金聲古典詩。
淬勵騷風躬盡瘁，宏揚聖教力無遺。
今朝撒手音容杳，懿德長存永繫思。

輓莫月娥老師

陳碧霞

鬚眉不讓騁詩壇，天籟元音蔚大觀。
高亢清吟今絕響，良師隕落古琴寒。

悼莫月娥老師

余美瑛

三首清平櫟欐繞，一聲雲字遏雲天。
礪心女弟思風發，振藻群雄屢佔先。
對酒當歌孰可擬，春江花月比無肩。
君不見，鷗盟丁酉齊聲慟，從此難聞莫師篇。

莫月娥老師仙逝悼詩

翁惠甡

大雅清聲啓後知，騷壇莫老眾稱奇。
驚聞噩耗音容杳，憶昔遺風繫我悲。

敬輓莫月娥老師

蔡久義

噩耗驚聞四月天，母儀典範永留傳。
宏揚漢學名聲著，福慧雙收入聖賢。

敬悼莫月娥顧問千古 林瑞龍

清吟天籟火傳人，享譽蓬萊幾十春。
鶴駕遽歸瑤圃去，元音欲奉孰遵循。

敬悼莫老師道成千古 吳莊河

緣生天籟仰慈容，懿德揚芬率敬從。
女史非凡承道繼，功成千古受仙封。

敬輓莫月娥老師 陳麗卿

天籟吟聲遐邇馳，弘揚承啓一心持。
慟聞莫姥歸空去，風範騷章永世師。

悼莫月娥老師 李玲玲

騷壇祭酒善吟謠，一曲清平凌九霄。
天籟驚聞失樑柱，全員心痛筆難描。

敬悼莫老師

甄寶玉

詩吟嘹亮遏行雲，天籟眞傳自出群。
一曲清平人不見，留聲光碟黯聽聞。

敬悼莫月娥老師

吳秀眞

其　一

淑賢懿德品芬芳，重道尊師典範彰。
詩教傳揚吟勢壯，不堪病痛折磨長！

其　二

噩耗驚傳慟忍吞，騷壇吟將赴仙門。
遺音絕響清平調，千載猶滋天籟魂。

敬輓莫月娥老師

林長弘

驚聞噩耗淚難禁，卓越奇才典範欽。
最是名揚稽古韻，薪傳天籟作高吟。

敬輓莫月娥老師

張秀枝

吾師漢韻火青純，珠玉吟聲冠女倫，
國寶西歸聞者嘆，嗚呼不捨慟心神。

北　行

吳身權

百里沉雲伴北行，昔時回憶黯悲生，
低吟舊調紓胸次，一曲清平泣不成。

註：五月九日午後北上莫老師靈堂致意，火車上作。

悼莫老師

蔡佳玲

憶向塹城聽賦詩，高吟海內盡追隨。
清平絕響餘音外，萬籟含悽天地悲。

敬輓莫月娥老師

詹培凱

騷魂歸復得長眠，此去人間更寂然。
永憶音容承典範，風吟碧樹舊詩篇。

輓莫月娥老師

張富鈞

大雅傳天籟，蓬瀛早識名。壇場呈妙句，庠序誦清聲。
亭畔華初滿，江春月正明。絃歌聞四海，應可慰平生。

莫月娥老師輓詩

楊維仁

其　一

匡扶大雅報深恩，不負薪傳捲籟軒。
縱使朱顏歸白髮，一生繫念向師門。

其　二

拔萃高吟入窈冥，聲情慷慨徹心靈。
悠揚一曲清平調，絕唱從今不復聽。

其　三

廿二年來隨步趨，得親風範藉涵濡。
自慚吟韻難成調，願學冰心貯玉壺。

編後語

楊維仁

回顧一九九五年的夏天，維仁連續參加了兩次漢詩研習活動，因而認識了講座張國裕老師、莫月娥老師和黃冠人老師，從此開啓了我和天籟吟社、天籟調的機緣。隨後，維仁在張國裕老師的引薦下，參加了幾次聯吟詩會，每每在詩會活動中，見識到莫月娥老師登台吟唱，台下詩友隨之唱和的溫馨場面，總為鏗鏘的聲韻和溫馨的場面深深動容！

五年以後，維仁也加入了天籟吟社，並且在二零零三年初，協助莫老師發行了《大雅天籟：莫月娥古典詩吟唱專輯》，從此更和莫老師締結更深的師生情誼。莫老師是一個非常感恩念舊的詩人，雖然他的業師捲籟軒黃笑園先生早在一九五八年辭世，但是她多年來念念不忘要為恩師印行詩集，並且囑咐我負責編輯，輯成黃笑園先生遺詩之後，又附以捲籟軒門人唐羽、莫月娥、黃篤生之作，在二零一三年出版《捲籟軒師友集》。

當時編輯《捲籟軒師友集》原以黃笑園先生作品為主，後來附輯莫老師詩作的時候，因為時間匆促校對粗疏，造成《莫月娥詩選》之中存在為數不少的錯字，這使我對莫老師深感愧疚，也憾恨自己誤訛文獻，罪責非輕。

莫老師在二零一七年過世之後，我就發願要編輯莫月娥老師的詩集，一來是因為《捲籟軒師友集．莫月娥詩選》只輯錄莫老師部分作品，我覺得應該盡量蒐集補充；二來是為《捲籟軒師友集．莫月娥詩選》之中的錯字作校正和贖罪。所以，這幾年來，我一直利用閒暇的時間，努力進行搜尋編校。

莫老師對於自己的作品很少留存手稿，大部分作品散逸在《中華詩苑》、《中華藝苑》、《詩文之友》、《中國詩文之友》、《台灣古典詩擊缽雙月刊》、《中華詩壇》漫長六十年的期刊之中，另有一部分傑作被名家選集所收錄，例如《臺灣擊缽詩選》一到三集、《臺海詩珠》、《中華詩典》、《己酉端午詩集》、《古今律聯韻粹》。另外，天籟吟社歷年所出版的詩集《天籟詩集》、《天籟新聲》、《天籟吟社九十週年紀念集》、《天籟清吟》、《天籟清詠》也收錄為數不少的作品。此外，從各詩社詩集、各地詩會活動作品集、詩壇名家別集中，也都能搜尋到莫老師部分的作品。維仁從以上林林總總的詩刊詩集中，勉力爬梳比對，終於編輯出這一本《莫月娥先生詩集》。

「先生」一詞，是對老師的尊稱，更是對年長有道德、有學問、或有專業技能者的敬稱。莫月娥老師貢獻騷壇一甲子，素有「台灣吟詩冠冕」之雅譽，詩集冠以「先生」的尊稱，在編者看來，著實恰如其分。

編輯過程之中，維仁有幾點印象特別深刻。首先，莫老師的作品從一九五六年起發表於《詩文之友》，隔年起也刊登在《中華詩苑》。這些刊登在《詩文之友》和《中華詩苑》的早期閒詠之作，經常是排列在恩師黃笑園先生的作品之後，也就是黃、莫師生一起發表，笑園先生藉著老師帶領學生發表詩作的方式，讓詩壇逐漸看到這位新銳才女，由此可見笑園先生對於得意弟子的提攜之意。而莫老師也不負師恩，一生發揚光大恩師所傳授的詩學，還在恩師過世五十幾年之後，推動出版《捲籟軒師友集》和《捲籟軒黃笑園詩集》。

莫老師二十餘齡即以才女之名享譽詩壇，一九五六年以詩鐘「光復」一唱勇奪知名詩刊《詩文之友》徵詩第一；一九五八年，詩人黃文虎先生為作〈才女吟〉，大讚詠絮之才，寫作功力早受肯定。一九六零年淡北吟社詩會，當時《詩文之友》「騷壇消息」記載：「倪登玉、劉夢鷗、李天鸑、杜仰山、林錫麟諸先生及莫月娥小姐吟詩助興。」莫老師年紀雖輕，吟唱方面已甚與諸位名家並列。莫老師一生創作、吟唱不輟，原來是從年輕時期即已奠立深基，日後更加發揚光大。

莫老師在一九七零年婚後相夫教子，漸少參與詩社活動，據莫老師生前閒談表示，因為要專心照顧兒子，大約有一二十年間淡出詩壇。我們觀察本書的每個年份詩作，莫老師的確在婚後詩作銳減，我們甚至還找不到某幾年的作品，可見莫老師作為一位盡職的母親，撫育孩子成長，曾經暫時放下她一生所熱衷的詩。

本集作品依照創作年代排序，從一九五六年到二零一六年，長達一甲子的諸多作品，多和參與詩社活動有關，我們編輯詩集的時候，特別把該作品相關的詩會活動附帶標示在題目之下，從如此多樣的詩社詩會活動中，我們也可以觀察到六十年來台灣詩社的概況，以及莫月娥老師參與詩會的情形。

從二零一七年莫老師逝世之後，維仁就發願要編輯莫月娥老師的詩集，但是囿限於個人公私事務繁忙，所以斷斷續續蒐羅編校，直到今年三月才算勉強成形，編校期間感謝姚啓甲社長、武麗芳女史、洪淑珍女史、楊東慶先生給予很多協助和指導，張家菀女史和詹培凱先生參與部分編輯，陳文峯先生協助校對。也要感謝萬卷樓張晏瑞總編輯協助出版，名詩家林文龍先生題序，莫老師哲嗣李惟仁先生提供所有的支援和經費。《莫月娥先生詩集》如果有所疏漏，責任在於編者，敬請詩壇大雅不吝指正。

感恩詞

李惟仁

母親十六歲入私塾讀漢學，一路跟隨黃笑園老師踏入詩壇，二十五歲就在台灣詩壇大放光彩。為了專心侍奉雙親，母親一直到三十七歲才結婚。婚後淡出詩壇，到我十歲後才逐漸復出參與詩會。

為了紀念恩師的教導，母親集合黃笑園夫子、唐羽老師、黃篤生老師和她自己的作品，編印了《捲籟軒師友集》。母親在詩壇也不吝指導後進，所以深受學生們的愛戴，所到之處都有人相隨相伴。

母親留給詩界最大的寶藏，就是留下傳承教詩吟詩的錄影錄音，當年跟張國裕老師一起錄的《詩與台灣》節目，後來在張國裕社長、楊維仁老師、吳身權先生、李正發先生、李榮嘉先生、袁香琴老師的協助，出版了《大雅天籟：莫月娥古典詩吟唱專輯》。現在又有楊維仁老師的悉心蒐集陳年詩刊，在母親逝世的四周年，由天籟吟社協助出版《莫月娥先生詩集》詩集。對於以上諸位，我充滿了感謝。

母親有一首〈母恩〉：

含苦茹辛歲月更，山高何以報親生。
慈顏欲養光陰老，德澤常披草木榮。
杖泣萱堂憐弱質，字留荻筆記深情。
可知遊子衣中線，浩蕩牽隨萬里程。

這是母親養育我的寫照，親恩難報，只能永誌於心。

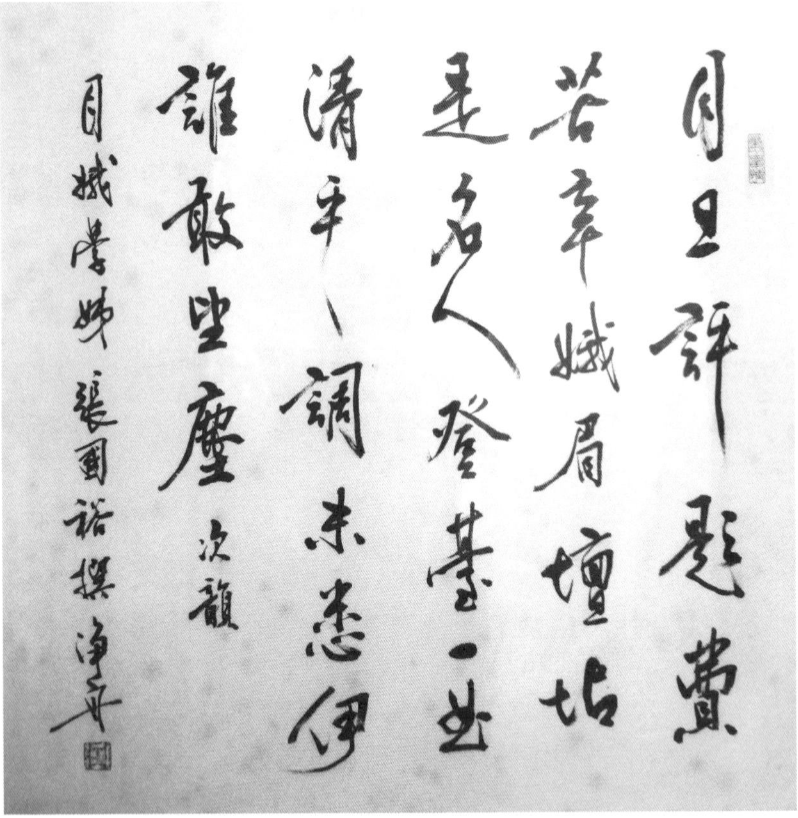

文化生活叢書・詩文叢集　1301060

莫月娥先生詩集

作　　者　莫月娥
編輯顧問　姚啟甲　林文龍
主　　編　楊維仁
編　　輯　張家菀　詹培凱
封面設計　林姿穎
臺北市天籟吟社

發 行 人　林慶彰
總 經 理　梁錦興
總 編 輯　張晏瑞
編 輯 所　萬卷樓圖書(股)公司
印　　刷　財政部印刷廠

發　　行　萬卷樓圖書(股)公司
臺北市羅斯福路二段 41 號 6 樓之 3
電話　(02)23216565
傳真　(02)23218698
電郵　SERVICE@WANJUAN.COM.TW
香港經銷
香港聯合書刊物流有限公司
電話　(852)21502100
傳真　(852)23560735

ISBN 978-986-478-461-5
2021 年 5 月初版一刷
定價：新臺幣 360 元

如何購買本書：

1. 劃撥購書，請透過以下帳號
   帳號：15624015
   戶名：萬卷樓圖書股份有限公司
2. 轉帳購書，請透過以下帳戶
   合作金庫銀行　古亭分行
   戶名：萬卷樓圖書股份有限公司
   帳號：0877717092596
3. 網路購書，請透過萬卷樓網站
   網址　WWW.WANJUAN.COM.TW

大量購書，請直接聯繫，將有專人為您服務。(02)23216565　分機 610

如有缺頁、破損或裝訂錯誤，請寄回更換

國家圖書館出版品預行編目資料

莫月娥先生詩集 / 莫月娥作.楊維仁主編- 初版. -- 臺北市 : 萬卷樓圖書股份有限公司, 2021.05
　面；　公分. -- (文化生活叢書；1301060)
ISBN 978-986-478-461-5(平裝)

863.51　　　110005841